〖中华诗词存稿·地域专辑〗

中华诗词学会 编

北京诗词选

现当代·下

（二）

张桂兴　主编

中国书籍出版社

China Book Press

目　　录

刘振堂

（1929年生）祖籍河北，后逃荒到黑龙江双城市。1946年入伍，曾任总参政治部副主任，总参工程兵部政委，少将军衔。曾为解放军红叶诗社常务副社长，现为该社顾问。

壮哉，一九四九随四野南征亲履纪实

一九四九，虎跳龙游。三山崩塌，摧枯拉朽。中华河山，重新造就。旭日东升，光耀宇宙。辽沈神威，天呼地吼。马不歇鞍，兵不卸胄。百万大军，渡关走口。北平惊呆，南京锉手。长蛇寸断，敌孤难守。斩头截尾，津张两头。重兵围城，北平俯首。绥远势孤，变敌为友。刚柔有度，嘉谋鸿猷。三种方式，决胜运筹。开国奠基，凯歌高奏。和谈破裂，停止整休。军民万众，敌忾同仇。军进全国，扫荡群丑。打过长江，誓歼残寇。革命到底，破浪飞舟。中南半壁，另写春秋。白小诸葛，困兽犹斗。狡猾战术，像个泥鳅。避战拒和，飘忽游走。死拖寻机，乘势一口。我常扑空，敌已脱漏。北兵南战，水网河流。暑酷路窄，山高雨骤。疟疾痢疾，神疲心揪。缺粮少药，人困马瘦。前总号令，就地整休。疗伤治病，改善食宿。二中决议，传到下头。建国消息，口传心受。红旗飘飘，斗志赳赳。血书请战，一收再收。兵强马壮，军威抖擞。两翼包抄，猛字当头。牵住鼻子，穷追猛揍。衡宝重创，白匪开溜。湘赣粤桂，撒网布兜。牵住五羊，难逃桂猴。奔袭博白，张淦做囚。老本七军，胆丧魂丢。狼奔豕突，满山牵牛。五个兵团，灭在四周。钦州海外，妄图一斗。伯陵防线，固设恒久。陆海空防，叫嚣纷纠。宜将剩勇，再试吴钩。海练三月，虎变龙游。木船机帆，风驰雨骤。巧布机关，多股渗透。琼崖纵队，接援补漏。主力强渡，势如蛟虬。黄竹决战，敌溃弃守。扫荡全岛，残敌请投。乘机逃遁，薛岳蒙羞。三亚俘舰，白旗滩头。万众欢呼，声震海陬。江山一统，水秀山幽。遥望北京，举杯祝酒。南天柱石，后顾无忧。岁月沧桑，往事悠悠。金戈铁马，国恨家仇。相逢一笑，尽付东流。苍颜白发，轮椅杖鸠。并肩战友，几个存留。烈士入梦，举酒相酬。民族复兴，老兵何求。愿人长久，愿国加油。

陈毓罴

（1930 年生）湖北武汉人。原中国社会科学院文学研究所副研究员。

国际红楼梦研讨会口占三绝

（一）

鄂渚苍梧一水通，卅年前共洞庭风。
寰球小小弹丸耳，今夕仍将风月同。

（二）

卅年前共红楼住，今朝聚首说红楼。
两红楼亦相通者，自由民主足千秋。

（三）

蓬莱学士久知名，脂砚棠村擘析精。
妙手译红传海内，更将馀事考风筝。

1980 年

纪杰尚

（1930 年生）山东即墨人。1947 年参加革命，原空军学院研究员。现为总参北极寺书画协会副会长、桑榆诗社社长，北京诗词学会常务理事。

清平乐·忆北平和平解放

喧天锣鼓，街巷狂欢舞。完璧古城春沐雨，新插红旗处处。　　朝阳收拾残霜，猎家智取刁狼。彻夜高楼灯亮，改编会议真忙。

忆辽沈战役

山雨潇潇秋气凉，旌旗风展马蹄忙。
困长先捉瓮中鳖，下沈围攻窝里狼。
弓压孤城乱栖鸟，阵连千里掳逃湘。
烽烟百载开奇迹，首曲凯歌奏沈阳。

一剪梅·桑榆诗社成立十周年感赋

十载桑园放彩霞。竞绽奇葩，各显风华。碧桃含露吐新芽。品味殊佳，意境堪夸。　　翁妪歌吟夕照斜。声问孙娃，韵步仙家。弄章敲字乐无涯。趣美香茶，陶醉春花。

浪淘沙·春游昆明湖遇周总理

柳岸满晴烟，轻絮飞天。昆明湖上闹龙船。如织游人雅兴好，歌舞蹁跹。　　旧地忆当年，奇遇湖边。聆听随步近身前。平易高风与亮节，永耀心田。

李建章

（1930 年生）河北无极人。原中共北京卫戍区党委纪委专职委员，北京卫戍区第三干休所离休干部，北京诗词学会理事。作品有诗集《桑榆晚唱》。

入党五十一年抒怀

夜读党章心气遒，如烟往事复回眸。
西征胡马沙场苦，北战燕云弹雨稠。
昔日未辞污马革，今朝岂慕烂羊头。
老夫剩有三分气，不让初衷付水流。

千秋岁·自喻

驾车驮炮，北战南征讨。除内患，驱强盗，身征倭寇灭，蹄奋三山倒。红旗展，雄鸡一唱东方晓。　　饥食南山草，伏枥年庚老。心犹壮，身体好，识途奔阔路，昂首长嘶叫。创新绩，日行千里争分秒。

鹧鸪天·咏老

咏罢重阳咏夕阳，菊花应是晚秋黄。识途尚赖高龄马，调味还须老辣姜。　　丝未尽，志犹昂，银须皓首更风光。晚霞更比朝霞美，抖擞精神奔小康。

思　危

南昌起义建军殊，革故维新非坦途。
外海横行航母舰，近邻篡改教科书。
社堂隐蔽磨牙鼠，城穴潜藏笑面狐。
亡我之心仍未死，焉能高枕醉屠苏。

杨方良

（1930 年生）山东肥城人。1945 年 6 月参加革命，1947 年入党，参军。任总参气象局副处长，作战部政治处副主任。1988 年离休。北京诗词学会会员。著有《军旅诗缘》。

军营桃花

笑对朝霞早理妆，容光映照演兵场。
终年翠帐怀雄志，自幼红颜爱武装。
素有深情钟战鼓，恨无飞翼到前方。
桃花凭借东风力，吹遍关山万里香。

鹧鸪天·卫星发射气象保障

守职巡天昼夜功，雨丝云片助兵戎。建军施展凌霄志，创业寻求趁意风。　　辞好雨，约晴空，良辰吉日遣腾龙。世人谁解神仙乐，引导新星逛碧穹。

京华春望

遂意春山望，京华万象和。
高楼连远岫，丽日耀沧波。
气暖花开早，人欢雅兴多。
目随蜂蝶转，触物有新歌。

王明甫

（1930 年生）北京市人。曾供职中国社会科学院。

辛卯冬风雪北疆途中

博峰远去隐云陔，大漠无垠雪尽堆。
寥落寒村烟火杳，盘空野鹜唳声哀。
蜚廉怒扫迷驼迹，玉絮纷扬障路隈。
车似舟行风浪里，银涛一泻域边来。

偕游张家界二首

（一）

神奇幽野秀堪餐，云雾闺深锁玉颜。
一洞两山还一水，画廊十里雨中看。

（二）

缆曳飞车驾雾云，群峰隐隐共氤氲。
梯阶石砌陂陀路，迤逦相扶俩老身。

乙酉新春感赋

难挽流光日月轮，金鸡引项报回春。

经天纬地鸿猷展，物阜民康气象新。

忍见良人遭困厄，怒嗔饕餮窃关津。

凭君细道身边事，如捣心涛怅触频。

寒　峰

（1930年生）江西湖口人。家居北京，曾供职中国社会科学院。

炎陵赞三首

（一）

白鹿原陂太古风，森森松柏起虬龙。
丹垣黄盖彰皇范，巍殿金身展帝容。
耕织图镌存伟绩，文章碑刻颂丰功。
谒陵春雨和烟霭，乐奏《扶持》祝华封。

（二）

洪荒开拓奠农功，可许三湘觅旧踪。
百药疗伤亭味草，八神飨蜡咏年丰。
玉蟾岩穴遗嘉种，澧水城山作亩垅。
黍稷馨香传一脉，中枢今倡重三农。

（三）

巴有圣陵气象雄，灵山秀水郁葱茏。
云阳含黛西南峙，笔架腾烟东北冲。
斜濑水环护高冢，杨钱洲畔蕴潜龙。
重峦叠嶂无妨碍，亿万炎黄朝祖宗。

叶伴松

（1930年生）笔名古木，安徽无为人。长期在驻京部队工作。中华诗词学会、北京诗词学会会员，红叶诗社社员。

乡　思

桃林柳岸溪桥畔，洒遍儿时喜乐忧。
故土故人萦客梦，乡情缕缕水长流。

茉　莉

素花绿叶本寻常，异质深藏貌不扬。
扑面风香人欲醉，原来茉莉叶芬芳。

马增善

（1930 年生）回族，北京市人。《中国穆斯林》杂志副主编。

题自画葡萄

藤蔓从天降，珠光映紫辉。
丰收秋色美，欢快满心扉。

谒西泠

孤山葱郁漫云烟，细雨霏霏访旧贤。
竹木森森滋翰墨，人才济济壮山川。
缶翁宽厚誉寰海，沙老雄奇振昊天。
邻次岳王西子畔，文坛战阵义相连。

游虎丘

虎丘雄伟镇江边，一代英雄葬此川。
宝剑三千沉涧底，坑夫十百死坟前。

吴　空

（1930-2013）原名韩弼，生于天津，原籍北京。曾任国务院参事室副主任兼中央文史研究馆副馆长。北京澄霞诗社社长。

长安雅集之曲江流饮

莫负回波送酒心，唐园好作盛唐吟。
三千珠履同修禊，岭峻风高问古今。

长安雅集二首

（一）

蠹起郊园焕物华，崇楼碧水蔚烟霞。
红裙金钿添颜色，疑是唐宫梦里花。

（二）

霓裳仙曲舞婆娑，玉管银笙处处歌。
千古浮沉多少事，等闲心事付吟哦。

踏莎行·忆太湖旧游

短棹穿波，夕烟笼翠，渔歌声里斜阳醉。相随旧侣记清游，鼋头喜共春风会。月满还亏，星明转晦，等闲聚散应无谓。霜龄未竟海天情，澄湖千里重相对。

风入松·津门会友

霜年重聚笑相迎，把酒问康宁。悠悠芳草前尘路，青山在，意气峥嵘。不共韶光流逝，人间珍重嘤鸣。　　无端往事对孤灯，闲觅旧歌声。小楼黉舍平湖上，记当时，鬓发娉婷。断雨残云离绪，倩谁梳理馀情。

陈德鸿

（1930 年生）江苏阜宁人。原海军作战部部长，少将军衔。后出任国家海洋局副局长，我国赴南极考察队总指挥，曾三次率考察船远征南极。北京诗词学会顾问。

一剪梅·起航

风卷红旗猎猎飘。锣鼓喧嚣，人海如潮。出征健儿志冲霄。船上人招，岸上人招。极地远征华夏骄。南极迢迢，冰浪滔滔。凯旋之日在明朝。喜在眉梢，念在心凹。

忆秦娥·团结一心

涛声咽，狂涛难掩天边月。天边月，天涯共映，远离无别。浪花激起千重雪，百十六颗心如铁。心如铁，名签一纸，光荣史页。

陈 彤

（1930 年生）北京市人。曾任《北京青年报》编委、新华社记者、大学中文系主任等，现为首都师范大学文学教授。编著有《中国旅游名胜古代题咏诗词选释》《学诗指南》等。

杏花天·一户农家喜事

引吭鸡唱东方晓。场院外，老父铡草。洗衣阿姐池塘角。小囝背筐粪好。清贫一世束白峭。多少事，恁宽怀抱。故人家访人夹道，阿妹今入高校。

孙凤池

（1930 年生）河北乐亭人。1949 年北京师范学院毕业。曾
任海淀区教育局副局长、区教委副主任、区科协常务副主席等职。
原为香山诗社副社长。

咏　柳

裊裊绰约姿，东风舞碧丝。
动情桓司马，图治左军机。
凄切章台语，惜别灞水诗。
西风零落尽，待到早春时。

渔家傲·重阳老人节

日近崦嵫愁薄暮，晚情淡淡清秋素。冉冉行
云随雁去。登临处，萧萧落木无穷数。皓首休吟
金缕赋，流年只作寻常度。寂寂桑榆无限路。君
莫诉，东风时节花千树。

孙　琦

（1930 年生）北京市离休干部。曾任北京诗词学会常务理事，
朝阳诗社顾问。

[南吕·一枝花] 赞张鸣岐

[一枝花] 春来抗旱天，夏至防洪战。疾风
连夜雨，大水漫田园。书记身先，解困除危难，
人民得万全。勇搏击浊水黄流，全不顾洪汹浪险。

[梁州第七] 为革命一身是胆，志于民两袖
清廉。清风正气身垂范，不吃请宴，不吸公烟。
不贪杯酒，不用私权。秉公办政事无偏，也私访
巷议街谈。擒逃犯快过公安，救林火缝伤线绽，
女儿强待业无攀。嘘寒，问暖。民疾民苦勤为念，
清正人民赞。生死头关见大端。情满人间。

[隔尾] 倾盆大雨倾城喑，满市银花满场幡，
半是哭声半雷电。大贤，好官，青史留名万民挽。

[南吕·梁州第七] 参观窦店

粮食囤白杨树起，别墅楼绿瓦琉璃。一千馀户归一体，二十年科技，十种农机，十杰难比，十好长期。三十厂制药缝衣，四千万建设宏基。百把人农事一齐，四天半收清麦季，亿元村工业升级。红旗，真理，五洲朋友多情谊，同创合营利。福利兴学数第一，振亮朝晞。

[南吕·梁州第七] 电视刘庄

平川地金波绿浪，大烟囱瑞气青光，农机百架鸣天壤。一心向党，一制图强，一庄共享，一等楼房。女青年笑靥浓妆，少年郎飒爽西装。想当初牛小如羊，六毛驴五盲一恙。现而今科技辉煌。人强，力壮，空调遍挂高窗上，三百成良将。半世支书史氏光。集体争强。

郭绍英

（1930 年生）山东东阿人。曾任北京市某中学校长，中华诗词学会、北京诗词学会会员，原《野草》诗刊副主编，中华诗词创研中心函授老师。

千禧年端阳吊屈原二首

（一）

变法联齐竟若何，怀王偏袒误山河。
升平家国沦秦盗，落拓身躯葬汨罗。
残苑行吟如泣诉，流光荏苒似飞梭。
英雄常有难言恨，千古骚魂续九歌。

（二）

釜鸣钟毁楚云愁，端午歌吟溅不休。
佞妾刁臣奢愈烈，雄韬伟略志难酬。
丹忱一片离骚赋，气节千秋汨水流。
天问问天谁共语，填膺义愤付龙舟。

癸未除夕吟（录二）

（一）

居然春节似平常，菜满阳台鱼满筐。
何必下乡观焰火，不如上网逛诗廊。
楼前人少家中暖，心内忧多笔底僵。
起伏心潮平又续，天生齐鲁一疏狂。

（二）

不夜京城月坠西，天含倦眼欲沉迷。
烟花有禁停还放，诗韵无声累也题。
曾去三坡吟野草，即将十渡探春溪。
明知碌碌人将老，眷恋西山百鸟啼。

厉以宁

（1930 年生）江苏仪征人，著名经济学家。1955 年于北京大学毕业后留校任教至今。第十、十一届全国政协常委，经济委员会副主任。北京大学光华管理学院名誉院长。2013 年起，任中国民生研究院学术委员会主任，当选中国人民政治协商会议第十二届全国委员会常务委员会委员，获第十四届中国经济年度人物评选终身成就奖。著有诗集《厉以宁诗词解读》。

鹧鸪天·无题

枫叶转红野菊黄，经文背诵度重阳，愁看旧墓傍新墓，堪笑官场似道场。　　天晦暗，地苍茫，人间变幻费思量。心潮化作无缰马，任意奔腾到远方。

1968 年

鹧鸪天·致邹小婴同学，于北京大学大兴分校

北地河开春又回，满城只见白花飞，悼词字字心中血，警句行行云外雷。先忍泪，待扬眉，一人高喊万人随。祭坛遍洒悲和恨，惊醒苍生赖重锤。

1976 年

浣溪沙·六十自述

落叶满坡古道迷，山风萧瑟暗云低，马儿探路未停蹄。几度险情终不悔，一番求索志难移，此身甘愿作人梯。

1990 年

踏莎行·攀枝花市

乱石荒滩，金沙古渡，千秋沉睡贫如故。大军十万四方来，新人立誓开新路。心血凝成，汗珠浇铸，勤劳换得城乡富。移民父老嘱儿孙，雨中多种红花树。

2000 年

菩萨蛮·四川凉山

川南古道丝绸路，红军北上硝烟渡。彝海结盟情，心如日月明。   星移天地转，民富清溪畔。岭上是青松，村边石榴红。

2000 年

罗　密

（1930-1993）女，号素梅，湖南益阳人。1949 年参军，后长期在北京生活。多才多艺，诗书画兼擅。著有诗词集《潇湘草》。

寿山石印歌

玲珑一片寿山石，色彩斑斓有奇致。晶莹温润冻作花，随意琢磨真快事。幸逢哲匠值连城，黄金一盎镌一字。我思此石无人识，乃是女娲补天落下五彩缤纷石。不然区区一石耳，胡为宝光夜上三千尺。此石他年落谁手，狂来欲叱精灵守。为写梅花傍石坛，岁寒好结同心友。

参加岳阳楼落成典礼二首

（一）

洞庭湖上览奇峰，人倚高楼气自雄。
眼底芙蓉三万朵，尽吞云梦入胸中。

（二）

重湖八百远连天，点点帆樯近日边。
放眼乾坤春色满，万家歌舞动山川。

题荒城夕照图

荒城夕照气苍凉，道是前朝旧战场。
想见将军歌出塞，悲箛声咽玉门霜。

黄鹤楼远眺

楼台金碧灿重霄，下有长江第一桥。
虎视中原三万里，诗心如海涌洪涛。

吴寿松

（1930 年生）笔名瘦松，福建福州人。1950 年就读北京师范大学美术工艺系。中国美术家协会会员、中国毛泽东诗词研究会会员、中华诗词学会会员、北京诗词学会会员、北京楹联学会会员。

菩萨蛮·看空政文工团演出歌剧《江姐》

山城云锁重重雾，华蓥雨急嘉陵怒。穷寇更疯癫，鸡鸣欲曙天。　　南冠歌不屈，傲骨梅花雪。昂首向刀丛，红岩屹劲松。

1964 年

凭吊菲律宾华侨抗日烈士纪念碑

南天一柱树功勋，千古长埋烈士坟。
多少头颅忘姓氏，一抔冢土瘗铭文。
青霜紫电溪边月，亮节高风岛上云。
寂寞英灵思故国，魂兮随我返京门。

1982 年

参观秦陵兵马俑

万马千军出，骊山列阵图。
风云惊大泽，谁护祖龙居。

游橘子洲

橘子洲头雨后游，湘江岳麓自悠悠。
词人去后空陈迹，无复中流遏浪舟。

1988 年

登鼓浪屿日光岩

凭栏东望水盈盈，岛影波光放眼明。
鸡犬相闻知远近，风云变幻共阴晴。
空怀圆月乡关梦，忍断茱萸手足情。
翘企南天鸥浪静，英姿遥见郑延平。

1989 年

王莲芬

（1930年生）女，字益清，笔名凌风，山东掖县人。曾长期在全国人大常委会办公厅工作。后历任文化部党委统战部部长，台湾事务办公室主任，中华文化联谊会副会长，北京中山书画社顾问。

登蓬莱阁

东方云霭水之涯，飞阁流丹醉紫霞。
蜃气浮天天接水，仙崖涌翠翠生花。
凌霄人共白云立，翻海龙随碧浪斜。
日出扶桑吾独厚，空明澄澈冠中华。

鹊桥仙·题白洋淀红荷

粉香滴露，绿云浮影，道是群仙住处。水乡六月艳骄阳，微风漾，柔情无数。　华清出浴，红怯娇面，冉冉霓裳起舞。瑶池宴罢醉星眸，清辉下，盈盈欲语。

1993年

途经眉山拜谒三苏祠

途听眉山苏氏祠，停车快步恐犹迟。

瑞莲亭畔览文迹，盘石池中谒像碑。

父子声名弥宇宙，甘棠德政仰风仪。

一门三杰谁堪比，人唱大江东去时。

古稀随笔

尔来也学傍云溪，不觉流年到古稀。

潮落潮生陈史迹，花开花谢付春泥。

抛琴空负三生石，伏枥梦驰千里嘶。

天际归舟何处去，风荷细雨夕阳西。

黄　昏

海棠庭院近黄昏，寂寂珠帘半掩门。

扶案书挥千里墨，挑灯诗染几重痕。

情怀常似梨花雨，心曲频牵冰雪魂。

迟暮送春存一憾，白头去日共谁论。

程毅中

（1930 年生）江苏苏州人。1955 年毕业于北京大学中文系。1995 年被聘任为中央文史研究馆馆员。著有《古体小说钞》《宋元小说家话本集》等。

题李一氓同志藏《烬馀词》

爨桐焦尾发清音，抢救遗材识苦心。
愿得氓公伸巨手，护持古籍借春阴。

1981 年

入蜀纪游（四首录一）

少看演义迷诸葛，老学唐诗仰杜陵。
岂是成名因入蜀，自缘入世为苍生。

1991 年

陶公洞

陶公为良医，胡公作好官。
二公居一洞，百世受香烟。
神话未必信，民心实可观。
功德无大小，遗爱至今传。

2000 年 12 月

孙有政

（1930年生）山西洪洞人。1945年参加革命。曾任国防工办处长、国防科工委研究员。中华诗词学会会员，解放军红叶诗社社员。著有《双叶集》。

在太行山上

八年浴血太行山，万壑千峰共历艰。
倭寇三光施暴虐，雄兵百战斗凶顽。
运筹帷幄摧封锁，逐虏沙场夺险关。
赖有步枪加小米，河山光复震人寰。

忆夜宿猎户家

霍山岭过日西斜，夜宿深林猎户家。
小屋透风茅挡雨，稀汤少米菜加瓜。
板床一角身安卧，清水半瓢香胜茶。
曾住馆楼难计数，三星忘记未忘他。

崂山雷达站

雄踞高山顶，扫描渤海东。
双双千里眼，个个一棵松。
浪静望天际，潮狂抗飓风。
莫言军旅苦，石壁记丰功。

杨　欣

（1930-2004）江苏淮安人。1945年参加革命。曾任总参某部第一技术工作总站副主任。曾为解放军红叶诗社顾问、《红叶》主编。著有《向荣诗文选》。

撤离延安

胡军蠢动犯边关，挥泪西辞宝塔山。

此去蟠龙严阵待，同仇敌忾斩凶顽。

1946年11月

随中央工委转移平山途中

东风送暖下滹沱，一路欢歌笑语多。

久困神龙归大海，排云驭气斩元魔。

1947年3月

庆祝淮海战役全胜

自古徐淮战事多，奇功一役创先河。

欢腾北国旌旗展，凄惨金陵鬼唱歌。

1949年1月

李泽厚

（1930 年生）湖南长沙人。北京大学哲学系毕业，后为中国社会科学院哲学研究所研究员、巴黎国际哲学院院士。著有《美的历程》等论集。

菩萨蛮

新枝旧树怜依伴，风尘梦境双招唤。相见怕猜嫌，相思何悄然。　　云天徒渴望，咫尺偏惆怅。心意莫成灰，心魂长日随。

杨子才

（1930 年生）云南宜良人。1946 年入伍，曾任解放军报社总编。解放军红叶诗社顾问。著有《萤窗咏史诗》，编著有《古今五百家词钞》《历代咏史词钞》等十馀种。

辽沈决战歌

南昌起义廿一春，亿万奴隶盼翻身。主席韬略超万古，决策恰在戊子年。东野开赴北宁线，关门打狗奋铁拳。秋高气爽军威壮，战马长嘶渤海边。分割包围斩鲸鲵，南克兴城北义县。将有空前大决战，风烟滚滚满辽天。东北蒋军归路绝，九分死兮一分生。望江南兮家万里，关山阻隔空断魂。战略要地锦州城，自古兵家所必争。关内塞外挂两头，北挑满洲南燕京。锦州易手无东北，探囊取物下平津。老蒋下令定死守，筑堡如林似铁坚。为破坚城操胜算，林罗来到牤牛屯。涉水登山细勘察，织成罗网巧布兵。一声总攻号令下，万炮齐鸣鬼神惊。我军将士如猛虎，敌人顽抗半死生。鏖战三十一小时，一举歼敌十万零。守将范氏称汉杰，蒋氏钦点有声名。城破兵败心胆碎，就擒涕泪话心田。年少从军到白发，如此恶战冠古今。惨烈远过台儿庄，恰似秦赵战长平。锦州城头枪声急，南京老蒋慌且惊。专机急飞葫芦岛，调兵遣将援锦城。东野四纵、十一纵，奉命南面阻援兵。塔山一线设阵地，寸土不失寸土争。敌军十万轮番攻，炮舰炸弹齐轰鸣。大地震撼山岳动，我军守若泰岱坚。激烈拼杀六昼夜，敌尸累累阵前横。草木腥兮水呜咽，日无光兮月不明。攻锦部队已得手，援敌半步未能前。壮哉塔山阻击战，彪炳史册万古传！长春早已成孤岛，被围度日若度年。守敌缺粮民饥饿，曾闻城中人吃人。攻锦胜利似雷霆，顿使守敌梦魂惊。军心动摇无斗志，携械投诚日纷纷。云南名将曾泽生，早欲倒戈求新生。如今得此好时机，毅然起义投光明。七军军长名李鸿，放下武器来归顺。剩下主将郑洞国，势单力孤难支撑。眼见蒋家气数尽，顺应大势归人民。东北首府长春市，兵不血刃息战尘。秧歌劲舞飘红旗，鼓乐雷鸣动山川。古人未见今人笑，今月曾经映古人。松辽平原万古月，从此年年照太平！辽沈决战阵云密，最数辽西风雨奇。南面援锦碰了壁，北面援敌施诡计。蒋家精锐九兵团，"围魏救赵"行故伎。不向西南走锦榆，却占西北彰武地。美其名曰"断粮道"，欲逼东野撤兵归。东野多谋早有备，绕道运输保供给。彰武廖氏空欢喜，我军攻锦疾如雷。锦州坚城化土灰，蒋氏气恼心火急。忙携杜氏再飞沈，严令廖氏出辽西。"规复锦州"是迷梦，第九兵团无归期。沈锦路上有黑山，欲过黑山谈何易！东野十纵守此山，万众一心铸铁壁。美式炮火急如雨，硝烟弥漫笼天地。主峰阵地一〇一，炸矮一米三有馀。十纵将士学四纵，死打硬拼不气馁。刺刀见红敌胆寒，黑山阵地屹然立！"规复锦州"泡了汤，第九兵团向何方？廖说向南奔营口，卫说北撤回沈阳。南奔北撤两依违，东野再布天罗网。疾如迅雷快如风，各纵顺手牵肥羊。敌人夺路向南闯，八纵五纵成铁墙。最是三纵猛如虎，擒贼擒王捣心脏。首脑机关被打乱，军长师长无主张。"王牌兵团"被全歼，美式装备弃战场。十万精锐一朝尽，活捉司令廖耀湘。辽天雁叫凄凉月，西风萧瑟秋草霜。可怜流水漂浮尸，白骨黄沙满河梁。我军全歼廖兵团，沈阳之敌大慌乱。欲逃营口求生存，营口守敌已不稳。林罗立即再下令，分路进击沈阳城。南面飞兵断退路，西面猛虎来掏心。还有各个独立师，刘攻东面与北面。敌人一如困垓下，四面但闻楚歌声。卫氏忙乘铁鸟去，烂摊交给周福成。周氏原属东北军，本应效法曾泽生。无奈头脑花岗岩，声言不如作"忠臣"。可叹兵败如山倒，无人为蒋甘杀身。手下一位副军长，胁迫周氏交兵权。周某以手掩面哭，喃喃自语"愿投诚"。守军悉数被肃清，共达十三万馀人。沈阳高歌庆胜利，营口再将捷报传。九纵星夜兼程至，与敌鏖战渤海边。守敌败退忙登舰，欲从海上去逃生。我军炮火猛轰击，三千敌兵水底沉。共歼守敌一万四，逃逸一个师有零。东北至此全解放，歼敌四十七万又二千。此役干净又彻底，翰墨简牍怎置评。细检华夏兵家史，三千年来第一篇。

赵文光

（1930 年生）辽宁绥中人。1948 年入伍。曾任总参炮兵部副部长。少将军衔。著有《军旅诗的创作与欣赏》《中国军旅诗的源流》《赤子吟》。

满江红·辽沈决战

暗渡辽河，危旌动，貔貅衔月。玄诡道，捣虚批亢，瓮中捉鳖。夺取锦州磐击卵，狙击塔岭岿如岳。蒋亲征，战舰伴飞机，犹心怯。　　虎山啸，争夺烈，车错毂，白刃血。嗟风声鹤唳，嫡师凄切。莫遣只轮归海窟，漂石激水沉堤泻。狂潮涌，黑水淬白山，红旗猎。

抗美援朝

绿江彼岸射长蛟，千里河山战火烧。
城火殃鱼当抗美，唇亡齿寒必援朝。
东征勇士朝藏洞，破虏将军夜渡桥。
以劣胜优惊世界，列强气焰散云霄。

李　铎

（1930 年生）湖南醴陵人。曾任中国人民革命军事博物馆研究馆员、中国书法家协会副主席。著有《孙子兵法新校字帖》《李铎诗词集》。

七　绝

坝上煎硝陈白雪，匣中抽剑露青霜。
当年鏖战驱强虏，斩尽倭儿日月光。

夏甄陶

（1931年生）湖南安化人。哲学家。中国人民大学哲学系教授、博士生导师。

满江红·和友人

天地回旋，周复始，转成新岁。观今古，时轮作史，岂为人讳。漫说谁何褒与贬，安评底事功和罪。不声言，真理积长河，悠无际。　钟神秀，山川美。冲污浊，东流水。愿通宣多有，邵公能会。砚底甘磨辛苦汗，樽前笑洒欢欣泪。更从容，步赏百花园，春光媚。

1982年

卜算子·丽江玉峰寺山茶花

玉岳入云霄，矗立雄姿傲。白雪晶莹映绿林，万朵茶花俏。　吐蕊或含苞，红艳娇羞貌。枝上争妍百媚生，长伴玉龙笑。

1983年

蝶恋花·登黄鹤楼

柳绿桃红春意闹。喜上层楼，欲识江南傲。万里长江波淼淼，一桥飞架凌云道。　　黄鹤远翔声已杳。鹤去楼空，犹有馀音绕。流水高山情未了，天涯何处寻芳草。

1988 年

相见欢·白沙镇清心楼雨后观雾

凭栏独倚江楼，雨初收，不尽青山叠叠水悠悠。　　白沙雾，威风抚，自飘柔，恰似羽衣仙子画中游。

1991 年

吴宗钫

（1931 年生）安徽繁昌人。家居北京，曾供职中国社会科学院。

夏兴（录三）

（一）

记得当年出茂林，沿途旌影气萧森。
下坊渡口尝红果，分界山头借绿阴。
几处败垣生莠草，一湾流水沁诗心。
行人漫兴铜驼感，犹及到家赋暮砧。

（二）

绿阴清昼柳丝斜，燕影翩翩感岁华。
皖国何人堪共辇，江东有客正思楂。
巫猿啼月悲千古，枥马嘶风听鼓笳。
惆怅窗前聊瞩目，隔林正放石榴花。

（三）

阵云依旧似围棋，百感茫茫暗地悲。
愁暑频来阴湿地，纳凉多在夜深时。
新莲开放姿容好，旧雨飘零音问迟。
叹息韶光瞬息过，东方空负美人思。

高鲁鲁

（1931 年生）女，字慕兰，江西彭泽人。工程师，家居北京，中华诗词学会会员。

瘦西湖

长忆芳名实不虚，小桥轻束楚腰舒。
碧螺数点分波瘦，柳拂花燃画不知。

咏　柳

婷婷袅袅任西东，唱彻黄鹂隐翠中。
最是风骚三月暮，飞花似雪漫晴空。

养狗热

街头忽逐灵獒热，学步西方臭作香。
急盼甘霖苏涸鲋，千金一犬慢轻狂。

高　勇

（1931 年生）室名孜孜斋，河北平山人。曾任胡耀邦机要秘书，原中央文献出版社社长、中华诗词学会副秘书长，著有《孜孜斋诗选》。

有感通货膨胀

忆昔儿时放纸鸢，戛然线断手难牵。
神仙也乏回春力，转眼腾飞上九天。

报载某地给教师打白条

每闻从教最荣光，也见官场大表扬。
底事白条充俸禄，却将画饼解饥肠。

读　报

世风日下实堪忧，只是诛鸡不儆猴。
欲把奸邪通扫灭，腰间可惜少吴钩。

谒永州柳子庙

当年因奏革新篇，贬谪潇湘二水边。
独自栽柑长得乐，田家种谷最堪怜。
生前板凳冰霜冷，死后庙堂香火燃。
柳子有知应放笑，作官怎比作神仙。

南昌遇友

内乱多年共沛颠，音书又断更凄然。
一朝分手三千里，两地牵肠廿二年。
梦里寻君临海角，醒来追想到天边。
相逢忽告娇儿逝，难忍伤心眼底泉。

胡 武

（1931 年生）山西平遥人。长在驻京部队工作。北京晚香诗书画印研究社、北京卿云诗书画社社员。

甲戌冬至日老伴呼我看"雾挂"
同日报载本市出现雾凇天气

起讶晨窗白，琼瑶上树梢。

寒鸦金色里，汽笛一声遥。

宛若珊瑚海，凝成雪霰雕。

并肩银世界，华发两萧萧。

太原盆地考古

霍山汾水两争途，汹涌嵯峨势不孤。

金鼠盗开灵石口，银盆空出晋阳湖。

崖头化石鱼螺体，地底藏煤草木株。

野老相传原有据，洪荒稽古一欢呼。

母校平遥东泉镇小学遗址

天鹅顶上学堂幽，引项长鸣北堡沟。
一片人家何代始，三间佛殿几时修。
碑阴拓字求师处，莲座藏书抗日秋。
垂老还乡获奇宝，猫头残瓦草悠悠。

范敬宜

（1931-2010）字羽诜，生于江苏苏州，范仲淹后人。1993年任《人民日报》总编辑。2002年4月任清华大学双聘教授、中国社会科学院研究生院新闻系博士生导师。著有《总编辑手记》《范敬宜诗书画》等。

咏 怀

南山有鹓雏，翩翩无色章。一飞一顾影，徘徊觅仙乡。仙乡何缥缈，烟水独苍茫。回首看尘寰，景物实堪伤：芳兰早摧折，秋菊凌寒霜。骐骥服盐车，康瓠列庙堂。德辉一何远，振翮上高岗。抱此荆山璞，暖然夺神光。我心亦如此，乘风欲翱翔。宇宙何日澄，中夜起彷徨。

1948 年

满江红·咏松

巨掌擎空，高山顶，巍然挺立。倚巉岩，根深叶茂，虬枝似戟。爱共寒梅作诤友，羞与艳李争颜色。擎亭亭一伞好荫凉，护征客。雨露恩，常沾泽；向阳心，坚如铁。喜此身终异樗材蒲质。啮雪餐风曾经惯，粉身碎骨又何惜！看人间广厦千万间，腰甘折。

1958 年 10 月

钟　鸿

（1931 年生）女，湖南平江人。原北京京剧院编剧，艺术室主任。中国广播电视学会电视戏曲研究会会长，北京诗词学会顾问。

十六字令

归，手抚党旗泪水飞，青丝雪，重举幸福杯。

归，闻讯全家展笑眉，白发父，狂喜泪双垂。

归，未想今生辨是非，热血涌，诗笔又重挥。

归，环视同辈俱有为，华年逝，奋起要直追。

归，难捺胸中响迅雷。心如火，四化战鼓催。

叶晓山

（1931 年生）安徽无为人。原铁道兵文化部专业作家。著有诗集《风笛颂》等。

芒市风情之一

风光此处世间稀，遍地歌声遍地诗。
最是傣家汲水女，腰肢柔似舞花枝。

芒市风情之二

荔枝红透柑橘黄，家家小院溢芬芳。
竹楼常坐他乡客，鲜果甘醇代酒尝。

王府井画廊

万紫千红映日开，金蜂彩蝶乱飞来。
问谁倾泼徽州墨，胜似春风一夜裁。

徐　行

（1931 年生）河北抚宁人。1947 年入伍。中国老年书画研究会、中华诗词学会、北京诗词学会会员、总参北极寺桑榆诗社副社长。

高歌喜迎新中国成立五十周年

华夏英雄志气豪，万钧重担铁肩挑。
一轮红日千秋照，四化蓝图亿众描。
抵御强权扬国力，振兴大计架金桥。
春秋五十山河变，新纪中期品更高。

赞导弹核武器试验

瀚海茫茫起赤云，无垠大漠拥金神。
龙城紫电惊寰宇，雁塞春雷震北辰。
梦醒鸡鸣磨利剑，砂飞石走锻精军。
吾当自立恢宏志，锐意攀登再创新。

沈　鹏

（1931年生）江苏江阴人。全国政协委员、中国文联荣誉委员。中国书法家协会主席、中国美术出版总社艺委会顾问，北京诗词学会名誉会长。出版有《沈鹏书法选》《沈鹏书画谈》等。主编或责编书刊众多。

题秋瑾小照

补天欲令女娲狂，驰骋当年演武堂。
霜刃莫邪亲手拭，料今世界有强梁！

李香君故居

倚水香君绣阁厢，玉衾锦被沁馀芳。
只缘误识侯公子，扇溅桃花血未凉。

"红楼馆"促题匾额

一梦由来最惋伤，欲题四字索枯肠。
人情练达通关节，世事悲欢急就章。
《好了歌》如何好了，《荒唐诗》益转荒唐。
奇书须得千回读，磨墨人磨夜混茫。

刘征兄赠雨点金星砚有作

苦旱连连似火烧，忽看骤雨泼如瓢。
不求天父降金粟，但恐农家折绿苗。
燕舞纵然多乐趣，莺歌便得尽逍遥？
燕云一片知君意，斗室心潮和墨潮。

整理旧相册

纸上音容即手温，凝情一瞬驻青春。
灰黄难辨阳和景，斑白翻疑月下魂。
秋水伊人何处在，雪泥鸿爪杳无痕。
馀生未了三生愿，留住青山病不呻。

杨金亭

　　（1931年生）笔名若萍、影窗、鲁扬，山东宁津人。1946年入党，后到河北天津师范学院学习并任教。现为中华诗词学会、北京诗词学会名誉会长，原《诗刊》副主编、《中华诗词》主编，著有《编余诗话》《村歌晚唱》等。

胶东路上

丽日青天四月初，村村七彩雨如酥。
农家自有丹青笔，描出人工致雨图。

海　祭

甲午惊心忆战云，舰沉碧血觅无痕。
国殇万古雄边气，潮去潮来化海魂。

长城望月

倚剑昆仑锷未残，谁将春色等温寒。
大同信有中天月，遍洒清辉彻宇寰。

无题十首（录二）

（一）

词笔风流邂逅逢，舷窗挥手各西东。

碧云轩照齐州月，紫石斋邀北海风。

秋色三分芳草绿，人生几度夕阳红。

诗成欲寄天涯远，肠断寒更两地同。

（二）

易水萧萧独雁哀，连宵孤枕自徘徊。

难凭影视寻沉醉，聊借诗书遣郁怀。

幽梦忍离神女峡，瑶琴犹傍凤凰台。

天河若有灵桥渡，不信痴情可化灰。

萨兆沩

（1931-2004）福建福州人。曾任北京宣武区委党校常务副校长、中共北京市委党校校务委员会委员等职。代表作有《中国信息资料学通论》等。

警枕行

懒寻旧梦懒吟诗，韩子催歌笔下滞。思潮澎湃情谲谲，缘自重读天上曲。君可闻，尧舜传承启后学，韶乡奏响新韶乐。搏击风浪剑横磨，论文载道同结社。荆楚地灵育奇人，胸存大任疏《天问》。踏遍青山舍琴书，寥廓密林苦蕨绿。满岭杜鹃舞寒莎，碧空白练瀑飞落。残阳如血染征衣，战地黄花映弹壁。天兵啸傲腾健翮，漫道险关凝豹略。立马峰巅千磴低，黄钟大吕超辛李。磅礴《离骚》莫击节，怎比马踏霜晨月！猎猎红旗似雁行，漫漫白雪昆仑莽。仰首挥剑裁三截，万水千山何惧越！星星之火可燎原，黑夜明灯光灿灿。天翻地覆慨而慷，热风吹雨得解放。一唱雄鸡曙色新，人鬼竞说出尧舜。今方知，战场诗风亦婉约，《枕上》相思悲切切。夜长无眠数寒星，更尽离人飞入梦。清水塘畔生死离，不知《偶感》藏屋壁。挥笔雄词《蝶恋花》，已是别幅山水画。君深思，霜后枫红染香山，更深月白照书案。桃符乍变易迷途，万里长征第一步。春色妖娆望眼舒，力戒骄傲防鱼蠹。时逢甲申三百年，忍杀贪吏施重典。嗟吁乎！一穷二白旧航船，难辨灯标风波险。虽喜神州竞冲霄，但愁花开复花落。桃源锁紧国运兴，稻菽遍地寻陶令。又悲不见五洲同，澄清玉宇凉热共。虽笑蚍蜉撼树痴，惟盼扫尽饕蚊日。史载肇基良臣凄，更愁铜驼埋荆棘。碑刻人民是英雄，云凝雾滞仙人洞。百家争鸣百家无，百花凋落余一朵。奸佞成帮万夫指，丹书铁券字历历。伟人驾鹤九嶷归，回首寰球悲复慰。十月炮响五十年，红场红旗一夜卷。幸聆小平金瓯曲，慨然长叹泪如雨。君可知，今朝齐唱警枕歌，自古英雄任评说。鸦鸣蝉噪频嘲非，惆怅一湾浊淳水。览尽山川书饱读，秉性犹如鹏高鹜。雄文哲理育后人，传世清风固国本。春秋功罪有异辞，百代牢记创业史。应再思，前人求清水无鱼，后者苛察毁璞玉。造神堪称八阵图，以民为本民本主。嗟乎！九州共歌音调谐，六合劲风补天阙。中兴可待尽欢颜，卅年纪事成经典。举觞把酒醑滔滔，沧桑正是人间道。极目神州草荣枯，唯有江河流万古！极目神州草荣枯，唯有江河流万古！

2002 年

榕花又开二首

（一）

三春踏落英，九夏赏遥青。
绿树烟岚路，白头雨雾程。

（二）

榕影落晨瞰，残馨唤断魂。
松风惊倦鸟，心死不思秦。

2004 年

张化春

（1931-2010）河北滦南人。1946 年加入中国共产党。曾任中央军委纪律检查委员会专职委员、常委、秘书长，国防科工委政治部副主任。少将军衔。

诉衷情·尽瘁夕阳出席全军先进离退休干部表彰会有感

群英各路聚华堂，音像诉衷肠。惠风阵阵拂面，义重暖心房。　　思往事，志昂扬，力争强。今生何往？永不离鞍，尽瘁斜阳。

前调·大爱无声

山摇地动似天倾，一震九州惊。中央急令援救，行动快如风。　　倾国力，献真情，拯苍生。以人为本，大爱无声，多难邦兴。

老将军风采

将军新弄墨，情满豫章城。
紫塞曾麾阵，砚池再点兵。
拳拳酬国志，猎猎战旗风。
放眼观天下，心牵细柳营。

曹　克

（1931 年生）北京市人。晨星无线电器材厂高级工程师，北京诗词学会会员，北京酒仙桥诗社骨干成员。

东风第一枝

　　梅引东风，湖波送暖，龙临元夜佳节。春宵灯会风云，共庆京诗雕社。骚翎重振，集群贤，独吟风月。第一枝，袅娜春风，拂暖燕山诗野。　　遭厄运，骚肠郁结。逢盛世，诗花芳烈。东皇为赋招魂，屈子闻知自悦。诗乡风骨，代代传，几经圆缺。寄高情，歌动神州，笑谈早春白雪。

蒋煜林

（1931-2008）浙江萧山人。国营北京有线电厂高级工程师。北京诗词学会首届理事会理事，北京酒仙桥诗社骨干成员。对戏剧、曲艺多有研究。

郊居二首

（一）

郊居畿外欲逃尘，只觉乡间处处新。
一水门前清到底，万山窗外绿无垠。
夜来松语侵残梦，雨后蛙声满四邻。
不是天边抽铁塔，还疑身在武陵津。

（二）

家住西郊更向西，西山脚下对山栖。
开门便有山间雾，举目时逢雨后霓。
万寿寺前逢老叟，苏州街上买童鸡。
平生懊恼全抛却，满榻诗书任自迷。

赠诗友汉年

自古诗人莫小看，总因济世异柔翰。
文章道理推敲细，事业心身俯仰宽。
最恨呻吟堆绮藻，偏期叱咤壮骚坛。
胸怀未展人重老，喜见刘郎鼓巨澜。

封　敏

（1931 年生）女，河北正定人。1949 年入伍。曾在军委通信兵部办公室工作。转业后为北京电影学院副教授。中华诗词学会会员，解放军红叶诗社社员。著有《双叶集》。

赞发射基地创建者三首

（一）

军列直奔嘉峪关，西夏古域绝人烟。
茫茫戈壁死如海，风卷黄沙塞外寒。

（二）

篷帐地窝权为家，黄羊驼草饭夹沙。
为教神剑腾空舞，冒暑凌寒建铁槎。

（三）

劈荆斩棘历苦艰，柳营楼起绿荒滩。
星飞弹舞惊两霸，四海炎黄赞酒泉。

袁 漪

（1931 年生）女，上海市人。曾任《河南日报》驻京主任记者，退休后长居北京。

过雨花台下军营旧址

喜着戎装作女兵，钟山风雨激豪情。
重来魂梦牵萦地，伫待霜天晓角声。

鹧鸪天·赠军旅女诗友

年少长怀报国心，拼将热血写青春。曾经关塞般般险，终见江山日日新。　　重击鼓，更书勋，嘶风战马岂能喑！吟鞭指处红霞灿，再赴征程争秒分。

登八达岭长城

相携同上古城楼，秋满雄关草木幽。
万里山河来眼底，千年悲喜涌心头。
欣看旌旆耀红日，长记烽烟暗九州。
多少中华儿女血，化成浩气壮金瓯。

李 翔

（1932 年生）江苏张家港人。1945 年参加中国人民解放军，离休前为解放军总政治部宣传干部。北京诗词学会理事。著有《春城春晓》《投笔诗草》等。

毛泽东在西柏坡

雷鸣电闪出山村，亘古中华一伟人。
左挈千军决关外，右驱万马战淮滨。
敢教强虏丢盔甲，终始故都传捷音。
横渡长江下吴越，金陵梦断九州春。

赞登封公安局长任长霞

巍巍嵩岳入云中，灿灿长霞耀碧穹。
扫黑驱邪挥利剑，解悬济困送春风。
秀眉常为疑案敛，泪眼每因冤狱红。
身殉万民同一哭，中原痛失女英雄。

坚持救助贫困学童的歌手丛飞

天赋歌喉与赤心，此心已许济寒贫。
未成家室先舐犊，愿作阶梯甘献身。
病竖袭来情似故，厄穷逼近爱犹新。
大山深处茅檐下，长是孤儿梦里人。

与袁漪重游承德避暑山庄

山庄胜地喜重游，云淡天高满苑秋。
泉水有情声细细，锤峰无语影悠悠。
再寻阁畔芳茵碧，还探林间小径幽。
何必祈求神佛佑，并肩闲步即忘忧。

听原生态歌手演唱

疑是悠悠天籁音，教人一听一销魂。
潺潺泉水流幽谷，阵阵清风拂翠岑。
舞影婆娑云作客，歌喉嘹亮瀑弹琴。
原高岭峻林深处，唱出心声味最醇。

林连德

（1932 年生）福建厦门人。家居北京，曾供职中国社会科学院。

美利坚印象三首

曼哈顿

群魔乱舞戏君前，叠宇层楼气万千。
纸醉金迷无昼夜，但丁入狱又升天。

自由女神像

越海腾空梦此游，相逢一笑意方休。
五洲志士争登顶，最是神仙不自由。

黄石公园

大谷喷泉盖世名，天生一个老忠诚。
缤纷变幻疑仙境，棕白黄红绿紫橙。

无 题

南天绿树水波横，夜尽晨星浸五更。
海角无心留逐客，天涯有幸笑书生。
千杯美酒谁知己，一盏清茶即醉情。
齿发皆稀归去也，何须另与白鸥盟。

林　昭

（1932-1968）女，原名彭令昭，江苏苏州人。曾任《北大诗刊》编辑，综合性文艺刊物《红楼》编委。由于发表自由言论被诬反革命罪，1960年起被逮捕关押，1968年在上海被秘密执行枪决，1980年此案获平反。著有《告人类》等。

赠张元勋

楚头吴尾劳相关，顾影低徊敛鬓鬟。
困顿波涛佳岁月，凋零风雨旧容颜。
堪憎勿怪人争避，太冷应疑我最顽。
粉黛滔滔皆假面，笑君犹自问庐山。

1960 年

胡 林

（1932-2013）山东烟台人。北京水利部门离休干部。中华诗词学会、北京诗词学会会员，澄霞诗社社员。

岁末咏雪

漫舞无心涤浊尘，银装着意唤新春。
多情最是消融际，滋润桑田益世人。

自 适

置屋天坛侧，忘机度暮年。
壁间陈骏马，手底植幽兰。
梦向诗边作，心无世事悬。
莫言新市隐，自适亦随缘。

谒苏祠

两过眉山秀，莲池伴古贤。
行云前后赋，流水暖寒篇。
雄旷开佳境，清新别旧弦。
一生唯浩气，神采越千年。

晚秋登香山

　　栌红柏绿鹊啾啾，未饮先醺汗漫游。
　　拾叶题诗怀逸兴，登堂会友拂轻愁。
　　嚣尘远去思陶令，清气徐来入谢楼。
　　不羡京华朝市客，归真返朴重探求。

海　岩

（1932 年生）女，北京市人。原空军政治部秘书长。著有《雁南集》。

水调歌头·咏南极考察队

华夏国魂振，极地展雄风。千难万险何惧，举世看神龙。十级风浪呼啸，万里亲人祝愿，众志胜天公。巧越西风带，智避雪山崩。　　岸在望，冰山锁，路难通。铁钎声和永乐，汗雨化长虹。前建长城站屹，再建中山站立，赤子树丰功。环宇炎黄后，翘首望南空。

张惠仁

（1932 年生）福建惠安人。原北京社科院文学所副研究员，北京诗词学会理事，著有《臧克家评传》。

山坡羊·官倒爷

当今要事，改革措施，铁饭碗端稳无一失，官倒爷，钻空隙，如儿戏，以权谋私，即或倒霉犯有司，除、是变职；转、是换职。

郑佐志

（1932 年生）辽宁沈阳人。曾任北京崇文区文化局局长。北京诗词学会常务理事，嘤鸣诗社副社长兼秘书长。

记泉州友人笔会

塞北江南一脉连，开元古刹聚群贤。

欣逢旧雨联床日，更结新知品墨缘。

争绘丹青歌盛世，齐抒胸臆话当年。

山河无恙风情改，椽笔如飞笑拍肩。

段天顺

（1932 年 3 月生）北京房山人，大学文化。曾任北京市水利局副局长、民政局局长，北京市人大常委会委员、副秘书长。原北京诗词学会会长，现北京诗词学会名誉会长。著有《燕水古今谈》《竹枝斋诗稿》等。主编有《北京自然灾害志》《当代咏北京诗词选》等。

白龙潭水库

小潭如镜绿萝披，石坝玲珑巧样姿。
昨日溪头初涨水，一帘碎玉泻丝丝。

竹枝词·小水电站

背倚青山傍水涯，早迎旭日晚披霞。
分得一缕青溪水，直把浪花变电花。

京都第一瀑

远闻鼙鼓自天来，近看狂涛落碧崖。
不管干戈消歇久，雄声犹绕旧烽台。

登喜峰口怀古

独立烽台一望遥，悠悠百代逐心潮。
云横峻岭回今古，浪打残城洗旧朝。
浩气每怜于少保，枕戈还待戚安辽。
怆然欲酹滦湖水，起看雄师唱大刀。

登雾灵山顶峰

山灵呼我上青巅，一跃葱笼咫尺天。
举手拂云堪揽月，振衣挟雾似飞仙。
才开冷眼量三界，已觉凌霄欲堕渊。
且效支公师造化，清凉界上听潺湲。

梁　东

（1932 年生）安徽安庆人。1953 年毕业于中国矿业学院。曾任中国书法家协会理事、中华诗词学会常务副会长、《中华诗词》社社长。现为中华诗词学会顾问。著有《梁东自书诗词选》《好雨轩吟草》等。

水调歌头·岳阳楼

天水接连处，烟雨看湖山。回头却问湘水，何故失波澜？揽得涵虚万象，容得乾坤浮动，天地一银盘。云梦溉吴楚，溯本上云端。人间事，莫怅望，庆弹冠。范公雄卷，从此忧乐总拳拳。位极千秋廊庙，身在江湖塘坳，进退莫稍安。剩一襟明月，万世照人寰！

鹧鸪天·过虎门

雾散天青过虎门，长桥揽尽岭南春。海空要塞凝寒翠，天半闲云落夕曛。　　花似锦，草如茵，销烟故垒有馀温。冲天义帜三元里，犹唤斯民振国魂。

2000 年

万顷烟波

溪上韶光翠黛横，山阴又作踏莎行。

流觞不探樽中趣，曲水当聆法外声。

隔岸春云翻笔意，穿堂燕子解诗情。

兰亭悟得三分韵，万顷烟波腕下生。

满庭芳·韩文公墓前

文起齐梁，诗开大野，一朝尊仰河阳。百般
红字，何处不琳琅！莫令蚍蜉撼树，青史共李杜
流芳。鸿儒士，专攻术业，闻道写沧桑。先生曾
授业，陈言务去，掷地声扬。尽时雨飞渡，犹困
衷肠。试为今朝解惑：缘何事，套话泱泱。人心唤，
三秋树约，二月异花香。

2006 年

为二乔辩

何曾夫婿觅封侯，家国流离不系舟。

豆蔻春风来未得，芙蓉晓日去无由。

常思烽火人升帐，一任清霜月满楼。

吹梦旌麾拂江岸，难分为我为君愁。

2011 年

卢建林

（1932 年生）1958 年上海第二军医大学医疗系毕业，长期在解放军总参某部后勤部从事医疗卫生工作。

珠峰赞歌

身在最高峰，纵观天地明。
群星朝北斗，众水汇东溟。
圣火传高谊，福娃播激情。
祥云飘玉宇，喜祝巨龙腾。

诉衷情

当年跃进向南方，将士气昂昂。黄河一夜飞渡，劲敌败身旁。　　过陇海，涉泥浆，志如钢。疾驰千里，大别山中，捅敌心房。

周志仁

（1932 年生）女，北京朝阳诗书画研究会会员，诗作散见于
《北京诗苑》《红叶》《文化月刊》《朝阳诗刊》等刊物。

随军赴新疆

一声令下戍轮台，万里西行亦壮哉。
紫气京都无意恋，黄沙戈壁有心开。
雪流似海车行缓，风吼如雷马啸哀。
为我中华扬正气，何须白骨有人埋。

新疆冬行

银雕玉砌自成诗，隐约关山画笔迟。
千里云驰濛旷野，万株花发压琼枝。
狂飙怒激蛟龙斗，战鼓惊催骏马嘶。
我望征途心似火，踏翻冰雪觅春池。

望　月

清辉四溢照当头，激起思潮百尺楼。
万里长空悬宝镜，一泓秋水洞方舟。
会牵天上银河浪，好洗人间污浊流。
我欲乘风邀碧月，共铺洁白净神州。

感　悟

江上推来百丈涛，弄潮人比浪头高。
身怀绝技心无惧，神往巅峰气自豪。
未以居安消壮志，更凭历险出奇韬。
兼天波浪从容渡，不信红旗举不牢。

邓绍基

（1933 年生）江苏常熟人。家居北京，曾供职中国社会科学院。

偕友游兴福寺

齐梁古刹仰宏恢，结伴同游第几回。
秋色方随红叶老，雁行却背白云飞。
上人礼客贻经卷，名士题诗留碣碑。
见说清凉寺重建，探寻乘兴上山隈。

有感于医护人员殉职二首

（一）

流疫势如火犯薪，医人感染事频频。
临危但记循天职，忘死只缘为万民。

（二）

花圈敬献拜遗容，明烛炷香沿古风。
非典未除悲永别，灵堂相送泪沾胸。

李清秀

（1933 年生）女，四川安县人。家居北京，曾供职中国社会科学院。

竹枝词五首

雪后日出

雪压枝头不老松，高楼浑似水晶宫。
天公不吝大手笔，点染朝阳宝石红。

新年游北京果品市场有感

儿时最喜是过年，大红橘子甘蔗甜。
如今果品似山积，唯愿果农笑开颜。

长河桥畔

长河桥畔春日斜，碧水拍岸净无沙。
柳堤无端狂风起，惊起野鸭出浪花。

秋游九寨沟

九寨枫林遍山崖，恍若奇葩灿若霞。
赤橙黄绿相衬映，疑是彩虹夕阳斜。

石宝寨

拾级而上欲凌云，俯视可见忠州城。
当年乐天爱植树，百姓而今说恩情。

李长春

（1933 年生）山东莱州人。总政治部离休干部。总政老干部学院副院长兼教育长。诗词作品在《红叶》《中华诗词》等刊物均有发表。

读老友系列篆刻"忆征尘"有感

金石铿锵扣岁痕，寸方天地忆征尘。
梦回宵昼八千里，神往魂牵此物珍。

偶忆广西战役感赋

长江疾渡指湘江，桂系残军枉恃强。
云梦迂回舒铁臂，雪峰飞越挽牛缰。
昔摇羽扇称诸葛，今奏楚歌驱霸王。
半世淫威悲海角，骄矜岂阻改玄黄。

访古隆中

风云际遇始隆中，小径依稀觅故踪。
一代贤丞功鼎汉，兴邦三顾古今同。

黄崖关长城怀古

万壑峰峦屏北蓟，千秋帝业倚雄垣。
朱家王气今何在？绿水青烟诉逝川。

苑克俭

（1933 年生）河北晋州人。北京市一零一集团离休干部，曾任副厂长职务。江西诗词学会、北京诗词学会、中华诗词学会会员。著有《苑克俭诗词专集》。

岱顶风光

凭崖极目尽长空，峰岭岹峣景自荣。
旭日东升红浪涌，晚霞夕照紫烟平。
黄河金带龙潭水，云海玉盘仙子绫。
绝顶风光天国里，会心一览众山迎。

馀年乐

心舒意远度馀年，儒雅情深兴未阑。
淡饭酽茶三盏酒，新诗妙画五湖山。
身强犹喜晚霞耀，志壮何忧白发添。
云路迢遥如跃马，纵行千里乐扬鞭。

咏牡丹

五彩缤纷醉洛阳，百花园里誉为王。
未从天命遭发落，华贵雍容第一香。

鹧鸪天·赞陆莉

技压群英姿态妍，高低杠上舞翩跹。如鱼得水随心跃，似凤凌空任意旋。　　轻似燕，稳如山，巾帼健将美弹冠。国恩无负惊奥运，竟是神州一少年。

郊外即景

郊外菜花黄漫畦，河边杨柳绿摇丝。

渔歌荡起一行鹭，红杏竞开三五枝。

张 锲

（1933-2014）安徽寿县人。1948 年参加工作，1957 年被错划为"右派"，1978 年改正。曾任安徽文联副主席、中国作协副主席。中华诗词学会顾问。著有长篇报告文学《热流》《在地球的那一边》等。

落梅风·悼念周总理

寒彻骨，香如故。谁曾料冰雪未消，落梅无数。哀情万缕谁与诉，普天下泪如雨注。　　梅花落，报春来。待看那红千紫万，雨霁云开。悲歌一曲落梅风，永记您德薄海天，功高泰岱。

1976 年

夜过渤海湾

百尺惊涛北斗横，凭栏危立涌豪情。
风因血热寒犹暖，浪为胸宽险觉平。
几度沉浮逢盛世，半生坎坷炼丹忱。
莫愁前路多迷雾，夜海航行赖大星。

1978 年

中秋寄内（录一）

又见中秋月，湖边独苦思。
心随孤雁远，魂逐乱云驰。
身似无根草，情如不尽丝。
遥知千里外，夜色正凄迷。

1978 年

黄山纪行六首（录二）

（一）

天都顶上乱云开，知是濠江贵客来。
且赠霞光三万里，助公笔底走风雷。

（二）

好个烟花四月天，太平湖水碧如蓝。
明年莫忘舟中约，细雨潇潇执钓竿。

1991 年

邵燕祥

（1933 年生）生于北京，原籍浙江绍兴。新中国成立后，历任中央人民广播电台编辑、记者，《诗刊》副主编，中国作协第三、四届理事。中国作家协会主席团成员，驻会作家。著有诗集《到远方去》等。

咏　鸡

干校节日聚餐有鸡

荡气回肠不自哀，依稀灯火下楼台。
岂知今日刀头菜，曾叫千门万户开。

揽镜见脱发

只牵一发动全身，魂绕江河湖海滨。
自信情根生热土，人间有味是红尘。

自　赠

十年岁月亦峥嵘，塞马临歧失所从。
祸大何曾疑日远，身微今更觉恩隆。
飞蛾甘死光明愿，寸草犹期葵藿功。
人贵自知兼自胜，一生低首向工农。

有　赠

惭愧今宵酒一盅，但从心底祝芙蓉。
新知天下多芳草，旧雨窗边绘紫藤。
玉石琢磨人有望，徘徊光影月无穷。
莫愁白浪兼云涌，解缆明朝趁好风。

捧　读

捧读屈辞兴转高，不须肠断续离骚。
人间忧患诚如海，沾丐吾身未一瓢。

陆 恂

（1933年生）浙江湖州人。1951年入伍。曾任解放军总政治部宣传部副部长、西安政治学院副院长。少将军衔。中华诗词学会名誉理事。著有《陆恂诗词选》。

功勋飞行员岳喜翠

中华巾帼爱蓝天，破雾穿云三十年。
救旱天山催暮雪，降霖哈市逐朝烟。
远航镇定升腾际，万险排除指顾间。
永葆青春多业绩，谁言女子不如男。

赞神舟飞天

出舱信步太空行，笑展红旗我是星。
千载飞天圆宿梦，世人惊看巨龙腾。

赠守岛战士

胸怀大海浪飞腾，身似苍松四季青。
踏遍沙滩不停步，目光穿透雾千层。

蔡义江

（1934年生）浙江宁波人。曾执教于清华大学、中国新闻学院等高校。系第六、七届全国人大代表，第八、九届全国政协委员。现为杭州大学中文系副教授。著有《唐宋诗词探胜》（合编）。

赠稻畑耕一郎先生

晁衡负笈千年后，稻畑论文渡海来。
西子湖边春意早，樱花已伴腊梅开。

满江红

车过岳坟，重门闭、兴修土木。嗟一代，冲冠长啸，英雄寂寞。亭底风波莫须有，半生鞍马螺蛳壳。却因何，庙貌越千年，遭荼毒。　　湖山好，今犹昨；东窗案，岂容续。削他身上刺，尽斩头角。举世但闻成与败，汗青永记善和恶。是人民、长愿拜精忠，唾丑穆。

张德良

（1934年生）北京顺义人。毕业于北京师大，后从事教育工作。北京诗词学会会员，著有诗集《桑榆泥爪集》。

柿子树

开花藏叶底，从不媚蝶蜂。
日晒风霜后，株株硕果红。

暮　春

细雨落花中，三春一夜风。
残芳随柳絮，慕我夕阳红。

卢白木

（1934 年生）湖南安化人，原名卢懋勋，笔名北牧，号未寒斋主。曾任《中华民族报》高级编辑、记者。原《中华诗词》编辑、中华诗词学会办公室副主任。著有《战士心》《未寒斋草吟》等。

京门感赋

人语前街曙色新，南窗晓梦亦销魂。
寻芳故苑无金散，数典蜗庐有墨馨。
曲唱自当声细细，诗敲翻致意沉沉。
原知癖好风骚外，不向青蚨一效颦。

晨登景山

拾级攀登路几重，身羸难遣脚生风。
林丛长啸人呼远，树杪声喧鸟叫空。
露湿新花红欲滴，风摇古柏响还隆。
最高亭上三回首，悔不儿时学画工。

梓里行

十年梓里作重游，雾满山岗乱远眸。
隐约千竿崇岭现，依稀一洞小村流。
荒鸡户唱庭前影，黄犬阶眠午后秋。
嘀嘀轻车风过耳，小楼在望立高丘。

学诗偶感

愧我才微强习诗，功夫下够有谁知。
搜词米熟偏嫌早，觅句门敲屡怨迟。
一字称奇来午夜，三端曰利贵平时。
丛书名忝编余在，留与时人任点嗤。

读杜偶赋

屡读凝思屡见新，诗家争注说纷纭。
石壕夜捉何关吏，廊庙威加岂恤民。
难补疮痍惟恻悯，宁将忧愤付歌吟。
气酣沉郁垂千载，帝业昭昭哪复存。

赵慧文

（1934 年生）北京市人。首都师范大学中文系毕业，中文副教授。中华诗词学会会员，曾任北京诗词学会副会长。著有《历代名家词赏析》《板桥词》等。

朝阳行

大河奔流东入海，宾朋络绎五洲来。千里平畴映红日，峀万人民尽快哉。峨峨岱宗冲霄起，滔滔通惠赴江淮。日坛巍然凌云立，昭王曾筑黄金台。立水桥头古迹彰，西周时属蓟国疆。秦时又隶渔阳郡，民国初为京兆乡。君不见往昔世事多变故，兴亡哀乐无从数。刘禅降封安乐公，乐哉悠哉不思蜀。燕王挥剑据北方，郑村一役定八荒。永乐年间昭三宝，龙麾百艘下西洋。悠悠岁月盛衰替，闭关锁国逆民意。沃野良畹薛荔生，天高地广乏骐骥。豺心倭寇犯中土，骧突铁骑如虒虎。鬼子坟侧头颅抛，东坝雷霆耀英武。"八厘公社"黔黎苦，割资尾巴食少粟。君不见南巡天鼓震星罡，十五规划启远航。沧海桑田惊数变，"三化四区"立新章。都市农业科技化，无土栽培瓜瓞长。红鳞逍遥游欧美，郁金香催万里香。绿色长城浓于釉，街衢葩卉溢芬芳。商贾中心联澳亚，使馆栉比涉外窗。元都遗址惊今变，土垣曾忆旧时伤。人分四等儒为九，士子无由报家邦。黍离之悲避世叹，白、关、王、马鬓毛苍。《窦娥》《汉宫》《梧桐雨》，枯藤老树泣寒螀。君不见今日亭台辉丽日，月亮河畔悦笙簧。海棠花溪似春睡，《大都赋》碑气轩昂。"科教兴国"为大业，书声琅琅满序庠。"信息时代"开新页，栋材喜雨沐春光。温榆琼楼沿陂立，红杏枝头笼霞光。六环彩虹翩跹舞，碧霄龙凤呈吉祥。喜爱广袤披锦绣，铁板铜琶颂朝阳。

青莲居士赞

　　紫霞煦遍莲花山，青莲居士立峰巅。心怀世事常忧恻，毅然飘摇降人间。少岁诵读观百家，习剑任侠览山川。立志奋能为辅弼，寰区底定海清晏。一朝宫阙下圣诏，仰天大笑赴长安。精神飞扬天光碧，一心立业不畏难。草书"和蕃"惊天地，贺相赞赏李谪仙。凤飞九万八千仞，横绝四海十洲边。胸襟澹荡如明月，羽驾绝尘不平凡。傲视佞小岂为伍，身栖梧桐食琅玕。孰料狐鼠施迷雾，充天匝地满金銮。行路难，行路难，昆仑积雪难跻攀。心望六龙之高标，历经恶波之回环。时闻子规啼夜月，声声凄厉传葱峦。本待回天归江海，拔剑四顾心茫然。天生我才当大用，斗鸡端坐金银鞍。怎肯折腰事权贵，心中郁郁哪得欢。大鹏展翅几万里，力抟扶摇上青天。阊阖九门不可进，阍者白眼横遮拦。偃卧清风苍松下，天庭无计亦难安。俯视神州南与北，鼙鼓渔阳烽火燃。荒城野草连千古，萧萧木落黎民寒。白骨嵯峨血成海，战马悲鸣乌鹊旋。壮士冲冠倚长剑，欲屠巨鲸息狂澜。投笔从戎以救世，反遭牵连贬荒垣，獥貐磨牙食人肉，冠缨豺狼非我贤。比干忠谏死，屈原逐湘沅。心如刀绞壮志没，世无知己披肺肝。一腔悲愤无由泻，迸发奔涌注笔端。纵恣豪荡永不羁，傲岸独立天地间。馨气秀色绝尘世，天地倏忽幻光焰。忽而鼓声鸣海上，猎猎兵气遏云寒。指斥权贵如腐鼠，胸怀正气铁肩担。忽而青天飞龙马，天帝敕赐白玉鞭。仰望银河横玉斗，清风朗月拂金莲。忽而黄河奔涌去，翻腾到海不复还。幽谷芷兰香风远，松青梅妍永盛繁。忽而瀑布冲千尺，横石激水波潺湲。浩浩晴空碧云卷，春风万里涌心田。大力运天地，羲和不停骖。六合已相识，纵横豪气自壮观。千寻壁立气如虹，悠悠天钧云外弦。天风浪浪海仓仓，泛彼无垠天地宽。御风蓬莱碧悠悠，前招三辰后引鸾。太宇瀚漫悬日月，雄奇超逸永世照诗坛。

何鲁丽

（1934 年生）山东菏泽人。历任北京市西城区副区长、北京市副市长、民革中央副主席、全国妇联副主席、民革中央主席、全国政协副主席、中央社会主义学院院长等职位。1998 年至 2008 年任全国人大常委会副委员长。

北戴河二首

（一）

登临碣石观沧海，曹咏毛吟雅韵传。
人事皆非天地换，心潮已载万千船。

（二）

松青草绿覆群山，争艳鲜花铺路边。
嬉戏沙滩声一片，改革九域换新天。

刘万沈

（1934 年生）河北涿州人。家居北京，曾供职中国社会科学院。

西山红叶

凄风寒露又沉霾，一夜清霜百草衰。
独有西山秋色异，红霞似火日边来。

狼牙山

狼牙壁立向苍穹，遥记当年战火熊。
杀气腾冲云脚黯，硝烟漫卷大旗红。
途穷日寇强弓末，报国男儿胆力雄。
千古丰碑昭日月，夕阳如血照高松。

王　蒙

（1934 年生）生于北京，原籍河北南皮。作家，发表过很多有影响的中长篇小说。曾任国务院文化部部长，现为全国政协常委、中国作家协会副主席，北京诗词学会名誉会长。

山居杂咏

今　夏

今夏无诗兴，忧心逐抗洪。

江河涌大海，血肉筑长城。

天裂军民勇，浪高心志雄。

方思痛定痛，更盼诚中诚。

草　木

沉浮皆一笑，明月落山中。

世界观奇妙，人杰逞伟雄。

尘云或蔽日，草木难通灵。

此夜逢狐鬼？嗟嗟羡蒲翁。

中　秋

中秋节令好，寻月赴深山。
未见玉盘满，曾愁珠幕连。
唧唧虫似泣，暖暖雾如烟。
夜色终清碧，云深遮亦难。

少　年

少年慷慨笑嫣然，挑战鲲鹏搏九寰。
审父应知观火易，捐身岂畏弄潮难。
隔靴议痒可益智，信口搬山容焕颜。
代有才人脱颖疾，千红万紫是春园。

言　说

辉煌酣畅是何年，荡腐劈尸谈笑间。
敢怨苍天无慧眼，骄称一己有神鞭。
兴风何物疆为界，取火全凭血作丹。
百代悲凉君记取，如焚情志恁堪怜。

周笃文

（1934 年生）字晓川，湖南汨罗人。原中国新闻学院教授，中外文化研究所所长。现为中华诗词学会顾问，主要编著有《宋词》《宋百家词选》等。

少年游

予怀渺渺洞庭波，银浪点青螺。水远山遥，笑桃人去，休问旧梨涡。　　清词剩喜鸿边至，偏爱晚晴和。瑶瑟清音，林泉高致，文采似星罗。

1965 年

南浦·咏冬日野菊

河桥回望，点霜空、雁字两三行。林净草枯沙浅，冷浪响寒江。惆怅韶华岁暮？东堤畔、一朵尚轻黄。似临流照影，佳人窈窕，淡雅自生香。伊郁骚心谁诉？向西风、一笑送残阳。我是零畸词客，荷锸走遐荒。珍重花边凝伫，恍个人相晤小轩窗。对青灯一点，咿咛细语浣愁肠。

1970 年

临江仙·和瞿丈赐词

一代骚坛疏凿手，坡翁可是前身？琼瑰光阵
接天门。词翻江海水，笔拨岳巅云。　　化雨春
风无远近，漫云逸足驽群。甘霖淑气见精神。驰
驱惭宿愿，薰沐荷新恩。

1975 年

金缕曲·寿碧丈八十华诞，次君坦丈韵

独立尘埃外，贮连城、珊瑚铁网，陆离光怪。
脱手千金轻一掷，遑论荣枯成败。早传遍、声名
山海。岳岳乔松青不老，羡拿云气概今犹在。倾
百盏，解骖卖。　　流光渐逐东风改。月初圆，
八旬览揆，寿筵新届。四渎三山持竿叟，桃李千
行环拜。听白发高歌慷慨。倚马才华词百卷，醉
烟霞、赓了斯文债。开北牖，纳明垲。

1978 年

临江仙·水族箱

何处长房妙术，移来水殿琼宫。缩将万象入壶中。塔亭随佶屈，变衍任鱼龙。　　伴我书痴晚景，爱它光影玲珑。神驰庄惠辩无穷。濠梁传妙喻，今古仰高风。

2002 年

易海云

（1934 年生）湖南长沙人。1951 年在北京参加工作。历任
海淀区文化局副局长、海淀区委宣传部副部长、区文联主席。北
京香山诗社社长，主编或参与主编有《北京诗词十年选》《历代
咏北京诗词选》等。

鸡冠花

几时冲出缚鸡笼？独立花丛盖世雄。
犹似当年司报晓，花冠尽染太阳红。

红　叶

曲木难为济世材，霜天犹负倚云栽。
痴心欲为阳春报，化作殷红送锦来。

登山海关

一关雄峙海山间，万里波涛万仞山。
巨浪摧关关不倒，长风吹石石犹寒。
千秋征战人何在？百转心潮此倚栏。
赢得江山神圣地，好留胜景后人看。

2003 年

菩萨蛮·西山红叶

西山风景秋来媚，西风尽染霜林醉。仿佛女人娇，满山红袖招。　　枝枝连叶叶，共绾同心结。白发对婵娟，相期度百年。

柳科正

（1934 年生）湖南长沙人。驻京军队退休干部，曾任总参干部训练基地政委。中华诗词学会会员。北京诗词学会常务理事、《北京诗苑》主编。著有《鹡鸰集》，主编有《清代宣南诗词选》《百年抗争诗词选萃》等多种。

重建北京永定门城楼

流光溢彩满皇州，古建纷纷拆未休。
轻薄新潮能媚俗，深沉传统不风流。
城逢盛世招青眼，人到聪明已白头。
永定门楼重矗立，桃花争似菊花秋。

两会感悟：中国梦

三月东风入梦来，百年期待涌胸怀。
南针熠熠明方向，传统昭昭扫雾霾。
头绪纷繁民是本，转型深化国生财。
此情可待成花信，万紫千红次第开。

2013 年 3 月

美国金融危机

海啸起金融，危机处处同。
银行濒破产，房贷转头空。
屋去居无所，财馀纸一通。
重温资本论，早在不言中。

海军远洋护航

风骤亚丁湾，纵横海盗帆。
商船凭劫掠，绑架绝人寰。
上国英雄舰，来巡恶浪间。
百年初砺剑，一片水蓝蓝。

蝶恋花·过茂陵

列国争鸣风气好。倜傥刘郎，独谓争鸣吵。谬误千年遗憾早，儒家尊后百家了。王母不来方士杳。难上白云，徒自生烦恼。身向温柔乡里老，雄才却被庸才扰。

1983 年

赵立荣

（1934年生）河北雄县人。1953年入伍，曾任北京军区空军政委。中将军衔。

长空寥廓展雄鹰

神州赤子驾云腾，满岁雏鸢破雾征。
利剑江东穿纸虎，条旗域北坠荒陵。
星移斗转迎花甲，翼健天高竞技能。
泰岳峥嵘凭旭日，长空寥廓展雄鹰。

看飞行表演

长空比翼沐东风，低掠高旋绘彩虹。
朵朵祥云仙女降，烟花烂漫国旗红。

李永祜

（1935 年生）山东昌邑人。中国人民大学中文系教授。曾任中国人民大学古籍整理研究所副所长、所长。主编有《简明中国文学史教程》等。

九寨沟五彩池

重峦叠嶂散云烟，碧水一泓峭壁间。
谁撒彩珠池底落，黄橙绿紫赤青蓝。
宝光绚丽夺人目，瑞气璀璨动心弦。
恍若身游仙境里，归来霞艳满衣衫。

2000 年

故乡情

儿时韶景永难忘，梦绕魂牵忆故乡。
野庙壁前评古画，杏花深处读声琅。
村东河畔垂丝钓，檐下枝头摸雀忙。
最喜秋田烧嫩豆，青烟袅袅口含香。

2001 年

江南春日

艳阳轻照暖生身，细雨软风晴复阴。

茶叶润柔如滴翠，菜花灿烂似铺金。

缤纷桃杏喷红艳，巧啭金莺吐细吟。

秋月春花何须了，江山秀美醉人心。

2001

崔海亭

（1935 年生）字蜃楼，河北鹿泉人。北京大学教授。

椰颂二首

（一）

性本清高喜日华，一瓢盐水伴流沙。
胸藏南海千波碧，昂首向洋迎彩霞。

（二）

辛苦一生多结籽，冰清玉洁意宽闲。
甘为齑粉从兹去，硬骨常留天地间。

登五台山北台顶有感二首

（一）

三山游罢到清凉，灵应登台见佛光。

岂有妙高称极乐，奇峰无处不真藏。

（二）

净土求来真贝叶，十年面壁读华章。

归来始悉蜗居小，慧海无边任我航。

晨　崧

（1935年生）本名秦晓峰，河北泊头人。原中共中央纪律检查委员会党委办公室主任、老干部局局长。1988年创办观园诗社并任社长。以后曾陆续任北京诗词学会顾问，中华诗词学会会长助理、副会长。中华诗教委员会副主任。

沁园春·庆祝中央纪委重建三十周年敬赠纪检干部

利剑高悬，断浊疏泾，秀水碧澄。任弥妖孽重，阴阳怪诞 兴污染垢，作霸横行。看我"包公"，雁门紫塞，策马挥戈斩虎熊。乾坤转，显云追朗月，海荡清风。郢歌伴唱廉明。辨淄渑、香浑霭雾濛。学折棕获仆，杜生高术；破墙得妇，管辂神通。一片忠心，满怀正气，铸筑天衢树大旌。江山固、造和谐盛世，国泰民丰。

一剪梅·小月河漫步

雾失双眸思远秋。望断神舟，意冷言休。云中学唱忆秦娥。一缕相思，无计消愁。漫弄诗文兴自稠。信步桥头，垂柳清流。高吟玉韵意扬天。寂静朝晖，独上西楼。

怀柔云梦山风光

清水石门云梦山，凤凰台下卧龙湾。

夏凉宫里三仙殿，冰峻峦中百谷泉。

碧玉岔东屏似画，柔情连北气如烟。

我来赏景心神爽，更唱中华美好天。

卞志良

（1935 年生）北京市人。北京市公安局干部。北京诗词学会
理事。

国际家庭团圆感赋

姐弟两邦共一程，相邀连袂抵燕京。
车中七日何辞倦，机内多时难梦成。
肤色不同情更笃，语音虽异态弥诚。
欣看老父张双臂，合家洒泪庆和平。

卜算子·赠棚桥篁峰先生

君向海西来，我想海东去。京兆相逢只片时，
无计留君住。留去总由君，意把醍醐聚。赢得神
州诸子欢，广拓唐诗路。

朱 琪

（1935 年生）江苏苏州人。中国健康教育研究所行为研究室主任。《中国心理卫生杂志》特邀编辑。北京市心理卫生协会副会长。

秋日登泰山

云拥雾护神州东，拔地千寻入太空。
欲问岱宗今古事，无言勒石对西风。

题丈人峰碣石

庶人何必咒天公，请上岱宗观世风。
千古遗风今尚在，泰山岳父丈人峰。

方淑慎

（1935 年生）女，江苏南京人，祖籍湖南临湘。北京京剧院退休人员。著有诗词集《相思树》。

浣溪沙·恨雁

陣雁年年过北楼，不留锦字枉留愁。云天空望恨悠悠。负笈伊人牵旧梦，赏樱携手记春游。而今风景早成秋。

采桑子·望海

潮翻浪卷离愁乱，苦向东湾。独倚栏杆，望尽馀晖数尽帆。　　伊人久去重洋远，又值霜天。系念衣单，暗嘱寒风莫过关。

谒金门·忆旧游

春雨霁，堤柳又凝新碧。记得那年偎倚夕，共吟诗律细。　　昨夜梦回故地，相见乍惊还喜。切切呼君君去矣，水遥何处觅。

邹明智

（1935 年生）女，湖南醴陵人。1950 年 12 月参加工作，1990
年 12 月从航天部退休。中华诗词学会、北京诗词学会会员，桑
榆诗社编委。著有诗词《随心集》。

行香子·贺神舟五号载人飞船升空

代代筹谋，岁岁追求。为飞天，白了人头。
高科觅路，热血探幽。品艰中苦、苦中乐、乐中忧。
茫茫浩宇，巍巍利箭，喜英雄，跃上神舟。九天
奏凯，四海欢讴。任心儿醉、声儿哑、泪儿流。

2003 年

风入松·下岗吟二首

（一）

机封尘土厂凄清，旧梦断何匆。从今踏入天
涯路，为求索，风雨萍踪。世海茫茫情黯，家山
漫漫思浓。　　摩天宫厦醉流红，歌舞绮罗风。
摆摊檐下羞低首，为生计，叫卖三更。儿女高昂
学费，穷家四壁空空。

（二）

连年改革势恢弘，激浪卷沙惊。壮心岂许悲无岗，对艰楚，意志铮铮，忍把小家毫利，换来华夏繁荣。　　一花引得万花秾，英策架长虹。鼓旗重振新征道，奋拼搏，再论英雄。平野好驰骏马，高天任起鲲鹏。

1997 年

踏莎行·延庆杏花节感赋

柳色迎车，东风带路。延城春意融融处。接天红粉扑人来，连村碧绿铺山去。　　满眼花光，一身芳雾。杏花盛放千千树。俗尘换得杏香回，诗囊采得新鲜句。

2002 年

苏幕遮·牵手迎国际老年人年

苑中池，池畔柳。背影从容，轮椅悠悠走。座里伊人车后叟。晨抚霞衣，夕理银丝久。想当年，君记否？戍塞云乡，同品相思酒。好趁金风欢聚首。一路平安，馀旅长牵手。

1999 年

曾庆存

（1935 年生）广东阳江人。原中国科学技术协会副主席，中国气象学会理事长、中国海洋学会名誉理事长。中科院院士，第三世界科学院院士。

咏兰菊

屈子思兰草，陶公爱菊花。
惠风吹曲水，逸气染流霞。
皎洁舒千蕊，清香沁万家。
素心酬亮节，山野接天涯。

春涧生幽草，秋原放傲花。
从来独步者，不掩众芳华。
落笔穿嶙石，挥毫傍织笆。
天真难写出，纸墨共兴嗟。

重阳登中关村广场高台

人生宇宙一尘埃，自在乘风任往来。
历史自应明责任，高台一啸亦雄才。

细雨剑关门

文采才情远役身，谪仙诗圣放翁魂。
我驰万里来何事，细雨云烟立剑门。

我的奥运

奋举千钧鼎，精研微粒尘。
鸟巢与书室，处处足精神。

高占祥

（1935 年 11 月生）笔名罗丁、高翔，北京通县人。曾任团中央书记处书记、文化部常务副部长、中国文联党组书记等职，现任中华文化促进会主席。

咏荷诗一组

一阵和风万叶翻，丹霞翠羽缀晴川。
开合舒卷随天意，真美原来是自然。
溶溶日暖花如丹，剪剪风来玉臂寒。
悦目赏心淡名利，诗人得句胜得官。

蜂蝶无踪蝉翼收，池中零落花事休。
莫叹萧疏秋已暮，尚有残荷散清幽。
老茎新芽焕生机，千红万绿涨莲溪。
留得玉藕悄然去，护花使者是春泥。

宋希仁

（1936 年生）吉林临江人。中国人民大学哲学系教授、博士
生导师。著有《伦理与人生》等。

读岳飞词碑

断崖藏虎洞，空谷荡晚风。
曲径千回转，古刹叩梆声。
默读武穆词，犹闻鼓角鸣。
书香已无迹，剑气贯长虹。

1994 年

天池赋

长白渺空阔，群峦舒皓天。松涛桦林深，古
道远盘旋。淡云涌凌虚，漫雾渡峰前。清溪泻谷
底，温泉布岩巅。仙池藏绝顶，幽水泛光寒。惊
风卷狂瀑，直下洗尘寰。

1996 年

杨天石

（1936 年生）江苏东台人。笔名江东阳、纪文等。历史学家。1960 年毕业于北京大学中文系。1998 年被聘任为中央文史研究馆馆员。著有《中华民国史》《寻求历史的谜底》等。

勉友人

何必踟蹰误路程，功夫练就好长征。
鲲鹏须展垂天翅，一望苍穹万里澄。

1955 年

金陵访旧

古院秦淮小拱桥，白门巷陌柳萧萧。
为编一代兴亡史，看尽金陵认旧朝。

1977 年

入苗寨

郁郁丛林岭下村，声声唢呐喜迎人。
苗家少女含情阻，不唱山歌莫入门。

2002 年

袁行霈

（1936 年生）山东济南人，祖籍江苏武进，古典文学研究家。第八、九届全国政协常委，第十届全国人大常委。民盟中央副主席。国务院学位委员会委员。2006 年 1 月，被聘为中央文史研究馆馆长 。著有《中国文学概论》《中华文明史》等多部著作。

青岛东海栈桥

久梦东溟水，今宵步此桥。
潮来天地窄，浪退斗牛摇。
蜃市诚难遇，星槎或可招。
何当浮海去，万里任逍遥。

1973 年 2 月

自东京乘新干线至仙台访鲁迅故居

风驰电掣走雷霆，转瞬车飞青叶城。
广濑川流环抱处，故居依旧小窗明。

1982 年 7 月

登嘉峪关望祁连山

主宰长城赖此关，飞檐耸入九霄烟。
多情最是祁连雪，绣出银屏障半天。

1986 年 9 月

贺新辉

（1937 年生）笔名蒲仁，山西永济人。毕业于西北大学中文系。中国文联出版公司副总编辑，《文艺学习》杂志主编。中华诗词学会理事，中国作家协会会员。著有散文集《山水·风情·人物》等。

南乡子·北戴河海滨雨中即景

云带雨，浪击风，钓翁回棹碧湾中。香醪蟹肉鲜鱼美，谁同醉，缆却扁舟篷底睡。

1983 年

西江月·观电影《知音》

得一知音足矣，何愁困锁汤池。松坡英气古今稀，偏有会心女子。　　岳麓丰碑耸峙，还赢侠妓传奇。高擎爱国大红旗，再视中华腾起。

1982 年

韦锦辉

（1937 年生）广西武鸣人。毕业于北京师范大学中文系。长期在京从事教师工作，已退休。北京诗词学会会员。作品有《灵水吟》和新诗诗集《叶笛》。

南柯子·相思树

生长南山下，春抽棘里枝。黄花碧叶晚妆迟。正是石山贫瘠、有谁知。斑竹条条恨，红珠点点痴。呕心沥血结成诗。不忘乡亲大地、诉相思。

行香子·桂林山水

秀态明姿，幻影清漪。梦迷离，天下称奇。舟穿翠竹，浪冒鸬鹚。访漓江雨，象山月，桂香池。吟文荟萃，悠史情移。探自然，研美人痴。花林入洞，石壁寻辞。醉三姐歌，石涛画，愈公诗。

青玉案·十渡

车穿隧洞飞桥路，进小站，迎青树。随意步行游十渡。群峰雄矗，小桥流影，河绕青山去。　　风光自有痴迷处，观景何需古人句。妩媚不知天渐暮。春花香谷，秋灯红野，冬雪丰碑塑。

古 钟

（1937-2001）山西定襄人。家居北京，曾供职中国社会科学院。

春访怀柔二首

（一）

雁栖湖畔雁无踪，隔岸山桃半落红。
网瘦鱼肥舟子笑，自称家在百泉东。

（二）

红螺寺里磬声叨，响水河滨醉小饕。
莫道雄关春欲老，沧桑偏爱壮夫豪。

龙潭小憩

老去依然事事繁，偷闲半日访龙潭。
不辞曲径听悬瀑，信步横塘问钓竿。
鱼影迷离莲影靓，梨花淡雅杏花憨。
斜风细雨晚来际，野鹜逍遥嬉玉涵。

断桥寻梦

阔别西湖逾九年，今朝又过断桥边。
白堤疏柳将飞絮，葛岭山茶半带烟。
逸兴曾和梅屿韵，伤心忍议岳家冤。
庑前有女试新剑，楼外酒旗张彩笺。

曾景忠

（1937 年生）江苏泰兴人。家居北京，曾供职中国社会科学院。

步雷风先生《咏陶潜》诗原韵

不为五斗折腰人，归去来辞喜自吟。
权贵庸俗嫌鄙贱，士民博雅解高深。
桃花源里无污政，菊圃篱边有静心。
蓬舍春醪方念旧，且邀挚友共诗斟。

遥念存宽先生二首

（一）

友朋诚贵广，难觅是知音。
著译常聆教，情谊渐笃殷。
才学君居长，识见我欠深。
别后方三月，长思域外人。

（二）

交友贵纯真，开襟见赤心。
抵膝谈世道，会面论诗文。
淡泊声名累，追寻见解真。
隔洋时系念，何日返京门。

许兆焕

（1937 年生）笔名卧云，广东兴宁人。曾任《光明日报》文艺部副主任，《深圳特区报》副总编。中国作协会员，著有诗文 300 余篇。

金错刀·春兴

酥雨落，润苍苔，尖尖细蕊破春开。寒流阵阵何须惧，早有新枝入梦来。　　芰榛莽，孕琼玫，春风着意巧安排。缤纷花事迎朝日，一片春光到望台。

1988 年

更漏子·己巳新春

蕊盈枝，花弄早，报道蛇年春晓。披绿褂，挹云霞，薰风暖万家。　　天外信，凭谁问，撩乱边关飞尽。春似醉，我如痴，豪情胜昔时。

1989 年

刘炳森

（1937-2005）字树庵，号海村，天津人。曾任北京故宫博物院研究员、中国书法家协会副主席、中国文联副主席、中国佛教协会副会长、中国人民政治协商会议全国委员会常务委员。

仰光大金塔

佛塔巍峨云彩深，风铃娓娓降禅音。
青天赤日金光灿，福祉长恩积善心。

飞越暹罗湾

暹罗湾上薄云稀，天水苍茫夕照微。
我欲因之梦穹宇，排空驭气逐霞飞。

谒吴哥古迹

奇雕伟构久闻名，今访吴哥喜梦成。
两处精华分大小，几番风雨辨阴晴。
辛劳赢得沧桑变，富庶严防寇盗生。
破败令人思旧恨，朔方家国叹圆明。

山海关老龙头

长城起处老龙头，云水苍茫蜃气浮。
漠漠洪荒连大海，层层花雪接危楼。
迷津舰驶秦皇岛，落照烟埋姜女丘。
取义成仁千古颂，蓬壶不见使人愁。

郑伯农

（1937 年生）福建长乐人。曾任中国作家协会党组成员，《文艺报》主编。后任中华诗词学会常务副会长、名誉会长。著有文论集《在文艺争论中》《青史凭谁定是非》等。

渡江战役胜利六十周年三首

（一）

莫道树倾根自亡，枯枝残叶亦疯狂。
振聋发聩一声吼，不可沽名学霸王。

（二）

辟地开天路漫长，几人青史识兴亡。
若非奋勇追穷寇，隔水分廷望断肠。

（三）

曾捐骨肉筑金汤，又遣雄师过大江。
志士头颅慈母泪，赢来国运百年昌。

水调歌头·望神舟

才演群英会，又见太空行。神舟直上霄汉，款款舞苍穹。极目高天宏宇，喜看出舱漫步，旗展五星红。莫道君行早，东土正腾龙。　　先驱梦，苍生愿，志士功。前仆后继，赢得热土沐春风。险隘难关犹在，应记征途遥远，共待越新峰。来日新舟发，楼馆驻长空。

榆林游

久闻塞上有驼城，一览驼城游客惊。
汉瓦秦砖追往昔，高台古堡记刀兵。
气输东土万家暖，绿锁黄沙四野清。
泉下先驱应笑慰，今朝陕北更葱茏。

汤道深

（1938 年生）福建龙岩人。北京师范大学历史系毕业。驻京部队退休干部，北京诗词学会会员。著有《恒镜斋吟草》。

改革开放三十年感赋

敢破因陈户牖开，九州生气啸风雷。
振兴邦国辟新径，指点江山纳俊才。
淫雨霏霏曾日宴，繁花簇簇又春回。
于今四海齐翘望，再挂云帆抒壮怀。

周恩来总理诞辰 110 周年感赋

风卷云飞百十春，雄才伟绩忆元勋。
中华崛起抒情志，治国宏图鉴赤心。
周公吐哺千秋颂，凤鸟含章举世钦。
喜看尧天钟蔚秀，长征接力有来人。

读《史海流连：郑一奇文存》

当年黉宇吐芬芳，军旅半程逢雪霜。
史海流连增睿智，书山览胜看鹰扬。
标新专论耕夫乐，立异探寻琥珀光。
通俗文章挥妙笔，清泉一掬润肝肠。

述　怀

笔墨生涯鉴寸肠，为人作嫁又何妨。

敲金击玉情难已，用舍行藏意未央。

负笈曾将豪气发，披襟长使墨花香。

铅刀一割丹心在，劲节凌寒色尚苍。

满庭芳·冰雪铸军魂

大地凝寒，长空喷雪，冰封百二重城。南州处处，路障断归程。千里运输线上，西风急，车马悲鸣。中军令，重兵出击，火速救灾情。红星。齐闪亮，陆空并进，浩气融冰。恰雪中送炭，重放光明。何似冲锋破阵，无反顾，决绝前行。凭栏望，旌旗猎猎，奏凯赴新征。

段葆祥

（1938 年生）北京市人。原中国新兴集团总公司党委副书记。原中华诗词学会办公室主任。

南戴河晚眺

落日残烧半壁红，海潮初涨掠鸥鸿。
水天一片迷蒙处，点点归帆趁晚风。

书市购书

不恋杯盘不嗜烟，吟诗弄墨最欣然。
流连市肆寻珠玉，宁惜囊中买米钱。

王德虎

（1938 年生）山西平顺人。曾任全国政协处长、专委会办公室主任、老干部局副局长。退休后曾任中华诗词学会秘书长，《中华诗词》杂志办公室主任。

纪念郭沫若诞辰 120 周年

三苏故里起红霞，沫若之间心作家。
历尽沧桑言旧事，经风沐雨唱胡笳。
文章已作尘封酒，诗赋渐成浓淡茶。
著作等身堪笑慰，挥毫翰墨冠中华。

游西安城楼断想

何人击缶甩秦腔，激越弦歌竟绕梁。
断壁残垣话兴替，曲江渭水淌忧伤。
千年晴雪栖高域，一缕西风送大唐。
我自懒寻宫掖事，是谁遗梦在咸阳。

汉宫春·太和邀月

　　宇宙恢宏，看天晴如碧，皓月当空。遥思永乐，策马横指乾宫。巍峨大殿，料今霄，金水蟠龙。观老柏，与君同醉，煌煌玉典骚风。　　送走煤炭故事，挥师凭铁骑，华夏称雄。鸿飞鹤翔此地，盛世丰隆。沉浮谁主，问苍天、日暮途穷。犹可待，春归花好，以期两宫融融。

雪香梅

维多利亚州玫瑰园，澳洲州立玫瑰园，荣获 2003 年世界园艺大奖，欣游感赋。

　　花无尽，玫苑依然起香风。看纷呈异彩，姚黄魏紫兰蓉。叶茂淡烟云正远，雨中滴翠映天红。风不语，芬芳四溢，春意融融。晴空，净绝尘，浪蕊浮花，蝶影西东。春梦扬州，飞红万点葱茏。小鸟枝头两三声，刘郎几度入迷宫。春无限，一生欣然，世界称雄。

黄子正

（1938 年生）湖南长沙人。高级工程师。北京诗词学会会员，曾任北京朝阳区诗词研究会《雅风》诗刊编辑部主任、副主编。

琉璃厂

虎坊桥畔阁楼重，画栋挑檐古韵浓。
拣漏琅嬛翻旧册，思贤阆苑觅遗踪。
商盘夏鼎充街市，翰墨丹青会友朋。
艺海茫茫何处去，真真假假织繁荣。

贺海南三沙市成立并挂牌仪式

浪涌涛喧紫燕翔，霞光万道跃边疆。
三沙建市丰碑竖，五岳擎天器宇昂。
镇海青螺皆圣土，侵华闹剧乃黄粱。
坚船利剑尊严护，壮丽河山永世昌。

踏莎行·姑苏行

碧黛螺清，瑶池水澈，船娘歌罢兰舟发。眼波横处彩虹飞，眉峰聚翠连天阙。园艺玲珑，评弹妙绝，廊桥馆榭湖心月。雕楹画栋绿丛中，人间仙境看吴越。

卫元理

（1938 年生）原籍四川。四川大学中文系毕业。1959 年赴京参加新华社工作，任主任编辑。

咏水仙

凌波摇曳水中仙，玉洁冰清态自妍。

寒彻九天浑不觉，案头数朵报春先。

赠友人

霜叶萧萧惹梦思，绿窗风雨断肠时。

苦吟杯酒诗千首，兴寄凌云笔一支。

鬓底流光惊白发，栖迟湖海望归期。

他乡权作故乡看，碧水青簪写秀姿。

李哲先

（1938 年 10 月生）北京市人，北京友谊医院肾移植研究室研究员，北京诗词学会常务理事。

祭海南五公

南海怒欲立，波涛挟雷霆。贤臣遭贬黜，奸佞恣横行。只缘惓危国，慷慨捐此生。忠绠行直道，岂肯曲逢迎。时不值圣主，难求寰宇清。良马犹恋栈，人宁独无情？五公谪海角，开发有厥功。僻隅留政绩，偏乡多颂声。祠堂岁祭享，人民铸鼎钟。今日瞻仰者，惆怅层次生。

周　成

（1938 年生）山东莱州人。北京科技部门高级工程师。现北京诗词学会监事会监事长。著有《周成格律诗振兴集》《慧诗集》《选句集》等。

诗意三解

曾如风影逸行踪，撷入诗行驻妙容。
解事微吟随字散，重归天籁有无中。

微明星语共池蛙，半敞院门人在家。
无事敲推诗韵减，黑甜一梦入红霞。

龙吟天际隐鲸鲨，溪步温柔逢断崖。
飘落清风笺纸上，辨知来处野兰花。

北京诗词学会成立二首

（一）

屈子涉江日，骚坛大会开。
悠悠逾半载，明月照楼台。

（二）

戊辰龙首擎，北社筑都城。
欣以梅消息，吆呼春早行。

张　洸

（1938 年生）原名张怀恩，山东海阳人。长期在北京工作。中华诗词学会、北京诗词学会会员、中华诗词创研中心导师。著有诗集《北国风》。

赠香港友人

罗湖侧畔柳溪头，故国相逢两鬓秋。
每念幽燕临大海，长怀荆楚过中流。
轻风浆荡桃花水，细雨诗酬白鹭洲。
待到明年归庆日，与君同醉岳阳楼。

重返密云山乡

五月乡情五月风，十年重到又葱茏。
提篮陌上春装女，沽酒桥头白发翁。
几处新楼连镇北，谁家小院过溪东。
蒙蒙细雨村边路，一树山桃自在红。

过彭泽

陶令当年宦此乡，夕阳路上望柴桑。
只缘日尽三壶酒，未肯腰弯五斗粮。
解绶归田撑傲骨，荷锄理秽峻刚肠。
西风瑟瑟躬耕处，遍地黄花竞晚霜。

长相思·香山秋

红叶飘，黄叶飘，满目霜天艳未销。香峰不
胜娇。心飘飘，意飘飘，又伴秋声过小桥。幽情
似梦遥。

春　曲

春波细卷着乡湾，送我轻舟到此间。
谁教东风吹绿了，芙蓉小镇那边山。

雍文华

（1938 年生）原姓许，湖北公安人，入籍湖南湘阴。原中共中央宣传部文艺局文学处长，中国作家协会创作研究部副主任、研究员，中华诗词学会学术部主任。著有《罗隐集》等。

寄内四首（其二）

客里京华索寞居，潇湘明月近何如。
一声归雁长天晚，细读江南问讯书。

忆江南·海棠院（录一）

春工好，颜色浅深红。好梦频侵初放日，诗情难染旧时容。无语问东风。

谒谭嗣同故居

人生际会总需时，板荡神州启壮思。
金殿诏书何急急，深宫消息每迟迟。
围园计失康长素，鉴史师承张柬之。
一寸河山一腔血，悲君难写感伤词。

珍珠梅

珍珠梅先花后叶，七月尚叶茂花繁，清香远播，余深有感焉。

不请春工作画师，淡容素服出妆迟。
风翻密叶芳流远，月照琼花意转痴。
粉蝶犹温当日梦，游蜂错认昔时姿。
一从青帝排班后，别有情怀自惜枝。

沁园春·山海关

辽左咽喉，京国屏藩，第一戍楼。看龙行南渤，鱼吞北斗；云涵山色，月趁潮流。海曲仙居，天边蜃市，万国梯航作胜游。风光好，是天开图画，惠我神州。　　沧桑往复回眸，说不尽人民多少愁。叹秦皇楼舰，沉身水底；唐宗铁甲，埋镞平畴。明患倭奴，清隳海禁，如此江山怎自由？从今后，计安危祸福，还费筹谋。

张光彩

（1938年生）河南鹿邑人。1956年入伍，曾任军事科学院军史部研究室主任、研究员。解放军红叶诗社副秘书长。

长相思·黄洋界

思情浓，恋情浓，谁晓情思似海汹。依稀枪炮隆。朱砂崇，黄洋崇，仰视峰高挂九重。井冈天下雄。

战神粟裕

当年修史颐和畔，纵比横排总占先。
虎帐筹谋孙武秀，沙场布阵汉侯妍。
三山推到功勋卓，四著流芳兵法传。
虽遇风霜无怨怼，汪洋一粟战神翩。

菩萨蛮·黄桥对决

长江横渡风云急，郭村一带军情炭。告捷战塘头，挥师临泰州。　韩顽蛮进逼，两李生悲戚。陈粟克全功，江淮舒碧空。

范 曾

（1938年生）字十翼，别署抱冲斋主，江苏南通人。书画家。现为北京大学中国画法研究院院长。著有《范曾诗文集》等。

浣溪沙·周总理逝世两周年作

入眼青山与绿波，诗人意趣总嵯峨，春来热泪伴欢歌。又是无垠千里草，音容两载梦中多，心碑岂待石工磨。

浣溪沙·题鹿鸣青崖图

枫叶深秋别样妍，呦呦野鹿寄寒荃，冰心一片出山泉。　目尽天涯无净域，长歌我欲化神仙，丹青自识再生缘。

浣溪沙·题天后宫

薄海天街来妙津，帆悬宝筏骇波驯，香烟法相总清醇。　送子迢遥来碧落，拈花恍惚有微颦，寒冬过尽即熙春。

浣溪沙·题兆三兄三峡古栈道

剑阁峥嵘一栈通，伤心帝子叹飘蓬，回看马嵬夕阳红。　　巫峡千帆穿远梦，繁华过尽事成空，苍山痛史画图中。

段文钰

（1939年生）北京市人。原在北京电子管厂工作。北京诗词学会会员，北京酒仙桥诗社成员。

东风齐着力·丙寅除夕感赋兼寄台湾同胞

青帝收容，东君送暖，腊酒辞寒。长空火树，七彩响珠帘。佳节神都壮色，狂歌彻夜乐声传。腾蛟起凤人未醉，心向天边。何事尚愁烦。不愿成玦人间总团圆。清晖寄意，光照海峡天。问半屏离却苦，相分袂要几许年。金瓯固，一国九鼎，脉脉情牵。

卢沟桥事变五十周年游卢沟感赋

日来思往宛平游，战火卢沟五十秋。
赖有中华英气在，笑扶望柱树狮头。

王中隆

（1939 年生）四川高县人。1946 年从西南政法学院毕业后入北京，1999 年在北京行政学院退休。作品有《结草吟》《思蜀吟》《日下吟》等。

竹枝词三首

（一）

台湾大陆本同根，两岸人民筋连筋。
任凭"台独"风浪起，一统中华不可分。

（二）

乙酉之春两地苏，寻根祭祖觅通途。
破冰国旅先连战，后继亲民宋楚瑜。

（三）

同种同根本无疑，公投修宪乱举旗。
跳梁小丑陈水扁，看你横行到几时。

回首吟四首（录一）

家贫少小事农桑，放牧耕犁总不忘。
老住长安衣食妥，如牛恋水沐朝阳。

李一信

（1939 年生）笔名里行，河北邯郸人。1960 年入伍，任总参某部宣传干事。1983 年转业到中国作家协会，先后任人事处长、鲁迅文学院副院长、办公厅主任等职。后出任中华诗词学会副秘书长。

杜甫江阁放怀

江风百里望云天，乘兴挥毫写大千。
巴蜀诗篇光焰在，潇湘才俊锦章传。
韵流笔底呈民意，律向潮头唱主旋。
我辈来吟千载后，扬葩振藻壮骚坛。

扬州慢·诗城

十里烟花，二分明月，广陵正是三春。驾春风来去，歌天籁清音。步嘎玉、铮铮金板，楚腰汉舞，千古深情。仰栖灵、梅岭堂边，豪气长存。　　峥嵘岁月，算而今、掀浪翻云。纵高超诗才，词工绝妙，难赋当今。万古长江东去，飞舟荡、浩发长吟。看扬州帆起，年年岁岁翻新。

水龙吟·龙抬头

夜半微雨轻雷，龙吟暗度花千树。东方破暖，三春风景，莺歌燕舞。如画江山，才人云聚，京都催鼓。算论功三代，一时豪杰，千秋业，和云翥。目断海疆半壁，怅西风，金瓯恶赌。蒋家父子，怕应羞说，江东故土。碧海龙腾，飞舟天际，谁宾谁主？看英雄儿女，妖氛扫尽，友邻和睦。

岳阳楼感怀

青青草湖连海平，千年不变三湘情。周极茫茫八百里，岳阳楼上看潮生。潮起潮落撼孤月，洞庭水底月孤明。拔地危楼高百尺，银山万叠云梦蒸。薄暮江月初露面，棹歌初起舱鳞满。远眺夕阳红尽时，君山几点胭脂浅。酷暑放舟浩渺中，千峰水天景倒飐。湘君祠前鼓瑟鸣，清梦常恨春日短。玉壶仙酒岁华流，七泽云梦几时休。湖光烟景无穷碧，淡墨轻描青螺洲。世路维艰身先老，犹怀风尘寄远游。范公叮咛常在耳，位卑岂敢忘国忧。谪仙赊月图换酒，我共月色为伴友。有酒同楼共举觞，无诗结缘潇湘后。巴陵胜状谁不见，老树残黛情依旧。斑竹潇潇老君山，梦里湘娥为君瘦。行舟飞阁洞庭湖，诗碑如林锁江渚。范公雄文雕屏在，工部好诗毛公书。不负南来情谊盛，新诗吟罢问楚吴。江山得助文人笔，喜登斯楼鼓与呼。

丁克实

（1939 年生）原新华社记者、编辑。1980 年 10 月起历任新华出版社编辑、副编审。编著有《正说中国历代末帝》一书。

秋日遣怀

秋下长天阔，寒来蓟燕关。
露明郭前水，枫赤阙边山。
放目苍穹小，骋怀胸臆宽。
云程千万里，最好作歌弹。

陈四益

（1939 年生）生于四川成都，祖籍上海。1962 年毕业于复旦大学中文系。后任《瞭望》周刊主任编辑。著有《东耳之卷》。

浪淘沙

微雨细于纱，柳外人家。隔墙一树玉兰花。绰约风神依旧是，人在天涯。　　绿水绕寒沙，几处蒹葭。今宵谁道月圆些。除却孤衾如铁冷，梦里烟霞。

端木玉玲

（1939 年生）山东德州人。曾在北京纺织厂工作，任工会宣传干部。1980 年电大中文系毕业。北京诗词学会、中华诗词学会会员。有诗词集《情感集》。

思 母

哀哀思母泣寒冬，卅载难销凄苦情。
想见不能萱草萎，临终无语泪眸睁。
梦迎华发慈颜现，叶落阳台冷室空。
心逐悲风号万里，遥天何处觅娘踪。

女儿返东京前制月季、满天星插瓶干花有作

人已东京去，瓶花案上陈。
娇容多恬静，风采蕴含深。
痴对星空眼，长销月下魂。
天天开不败，总是女儿心。

如梦令·本意

　　入境玉人携幼，步履透着灵秀。相唤泪双流，搂紧不知多久。骨肉，骨肉，梦醒室空依旧。

蝶恋花·让座

　　人靓眸明裙短俏，见弱乘车，让座柔和笑。笑沐春风思飘渺，白发人化忘忧草。难得姑娘情义好。扶我离车，她又帮童少。车已远行人已杳，温馨犹在心头绕。

温新宏

（1939 年生）广东梅州人。原海军某部总工程师，兼任海军科学技术委员会委员。北京书法家协会、北京诗词学会、中华诗词学会会员。著有诗书集《雪爪鸿泥》。

谒北京平西抗日烈士陵园

十渡桥西曲水环，碑林塔耸柏森然。
青山默默岫云冷，纸蝶翩翩菊蕊鲜。
利剑大刀诛敌寇，丹心碧血荐轩辕。
一杯浊酒一行泪，华夏腾飞告九泉。

曹雪芹故居黄叶村咏怀

潦倒西山黄叶村，饥寒不叩富儿门。
朝餐北岭千钟雪，暮对南天万顷云。
顽石奋身冲腐恶，杜鹃啼血慰芳魂。
红楼一曲悲诗鬼，残笛声声不忍闻。

二月玉渊潭

湖边杨柳舞东风，鸭戏清波碎彩虹。
万点樱花迷石径，远山近阁有无中。

盘山纪游

梵宫悬峭壁，飞峙北京东。
芳草铺深谷，雄鹰翱碧空。
蝉鸣破林静，佛唱启群蒙。
远眺秦皇岛，洪波接九重。

鹧鸪天·与友人雨游粤北北江

夹岸黄花映碧桃，青山滴翠更娇娆。无边秀色东风染，又鼓银帆万里遥。　　云淡淡，雨潇潇，一江柔水漫挥篙。渔歌阵阵冲霄汉，动我心潮逐浪高。

吴守箴

（1939 年生）陕西富平人。中华诗词学会、解放军红叶诗社会员，北京诗词学会理事，总装备部老干部大学书画院顾问。出版有《吴守箴书法作品选集》等著作。

学习王羲之书法感吟

千年翰墨人人仰，四海华英代代攀。
快雪时晴春满殿，兰亭集序玉生烟。
恰如初月天崖出，犹似繁星河汉悬。
五秩临池书圣迹，金丹锤炼紫毫端。

有感英国学校过中国年

己丑新春不夜天，英伦小学过牛年。
五洲学子秀红服，四海文明会绿餐。
书画同辉友谊咏，龙狮共舞鼓锣喧。
千千双语真情致，一片童心天地间。

三亚游

祥云瑞霭满神州，人伴春光三亚游。
海角凝眸情脉脉，天涯驻足意悠悠。
松涛浩瀚神仙乐，水域苍茫尼斯惆。
宝岛明珠飞异彩，尧天盛世更风流。

丁国成

（1939年生）黑龙江肇东人。中国作协名誉委员，《中华诗词》副主编，《诗国》主编。《诗刊》原常务副主编，中华诗词学会原副会长。著有诗论集《古今诗坛》等。

游九华山有感

厌倦尘缘入庙堂，尘缘难舍敛钱忙。
出家未必真出世，几许佛门恩怨长。

登九华山天台正顶

攀登脚力未全衰，抖擞精神跃顶来。
纵使悬崖山路险，犹能踏破最高台。

赞黄山医院医护人员

车祸受伤者，在黄山区人民医院江振炎主任医师和卢太生、张景帆、庞景辉等主治医师以及徐绝珮护士长、章月鸿等护士们的精心治疗、护理下，转危为安，渐趋康复。作为受伤者家属，我心怀感激，草成数句，以寄谢忱。

瓶瓶药液吊晨昏，身影床前苦逡巡。
笑脸生辉驱创痛，良言可意慰呻吟。
情同骨肉情犹重，爱比亲人爱更深。
滚滚红尘何最美，白衣天使大夫心。

1994 年

卢　玮

（1939 年生）女，北京平谷人。北京诗词学会理事。著有《古月集》《土城集》等。

贺北京诗词学会成立二十周年

芳辰廿载寄豪情，吟帜高擎诗教弘。
大雅昆仑欣管领，中华瑰宝得传承。
词锋日颖砭时弊，语韵金声振古风。
再展龙文新纪彩，千秋白雪待君赓。

平谷熊尔寨村

深山幽谷轿车繁，闭塞乡关科技先。
百业千行都入胜，西邻不复等闲看。

平谷南定福庄村

绿满平畴花满村，高楼小院见人文。
科工商贸京华俏，当代名庄炫彩新。

圆明园

皇王贵第一庭春，烛火西来劫难深。
园院灰飞悲宿鸟，池台兰委怨离人。
貂狐践履多新草，世事迁流少故音。
寂寂空伤游子意，凄风日夜起寒宸。

龙潭湖

昔年荒冢变瑶宸，花雨莲塘翠鸟吟。
碧水浮舟朋侣戏，云龙篆草汉唐文。
藤萝烟里层层锦，杨柳风前缕缕春。
明月多情惜荷盏，夜来依约落湖心。

杨新华

（1939 年生）湖北仙桃人。1954 年入伍。曾任中央人民广播电台军事部驻空军记者站站长。中华诗词学会会员，《红叶》执行编委。著有《新华诗笺》。

救　火

烈焰熊熊走火龙，学生后撤我争锋。
莫嫌一队娃娃脸，已是堂堂叔叔兵。

前线书寄妻儿

星夜羽书急，趋车下岭南。
青鸾情不忍，鸿雁意相瞒。
贲育三千帐，风烟十万山。
胸中存浩气，且待凯歌还。

鄯善机场即事

银轮沉火岭，灯影耀机坪。
曙色洇青汉，蓝天舞白绫。
风云猝然起，空地不须惊。
待到群鹰下，雷霆夹雨鸣。

王成纲

（1939年生）山东蓬莱人。北京某中学语文教师，已退休。曾主编多卷《华夏吟友》。

未 来

五变青黄费剪裁，渐宽衣带忘悲哀。

盈亏成败何须问，一片冰心寄未来。

法海寺白皮松

铁干银鳞耸碧苍，经风历雨写沧桑。

老皮不改初时色，新果犹存旧日香。

千载春秋仍劲健，一身枝叶总昂扬。

巍巍双护清凉界，光彩依然岁月长。

水龙吟·赠饶惠熙

蛰居恶水穷山，大鹏未展凌云翼。耕耘半世，不曾冷落，凤箫桐瑟。绛帐春风，传薪授火，只充闲客。念匆匆戎马，百夫难长，空辜负，擒龙策。壮士胸中丘壑，纵凄清、仍存光色。枣香集里，马鞍寨上，可看珠璧。共案同裁，亦师亦友，犹昆犹逖。更搜罗检点，自家庭院，笑长安易。

于得祥

（1939 年生）北京市人。曾任北京市宣武区建委主任。编著有《宣南鸿雪图志》《宣南二百竹枝词》。

竹枝词四首

花雅争鲜

京昆梆柳几家红，雅正花鲜雀燕争。
二百年来京剧史，徽班汉调盛南城。

天桥曲艺

滑稽二黄云里飞，洋片说唱鼓声催。
人喧犬闹双簧戏，京韵西河点几回。

安中幅

三丈旗幅舞碧空，全凭铁臂抖翻腾。
惊心起落颠而复，翘指天桥宝氏名。

芥子园

风流不过芥子园，檀板丝竹不夜天。
唱罢流莺三春景，笠翁府第领梨园。

夏　里

（1939 年生）北京市人。北京诗词学会会员，北京酒仙桥诗社成员。

减字木兰花·怀柔雁栖湖春色晚景

丘环抱玉，晚照斜阳山水绿。翠染岸湄，鸥雁飞鸿紧相随。　　轻风乍起，吹皱一泓深黛水。传影双芬，柳絮杨花浑不分。

游大观园

红楼幻梦徙人间，夺巧搜奇展大观。
今莅斯园诘癫跛，石归峰下可安然。

施议对

（1940年生）字能迟，号钱江词客，福州泉州人。1964年毕业于福建师范学院中文系。中国社会科学院文学博士，该院文学研究所副研究员。著有《人间词话译注》《当代词综》等。

自　嘲

却向疏篱觅小诗，相看冷眼且随伊。
今生落拓我能信，直上扶摇会有时。

1970年

过浮桥

浮桥铁索锁千寻，日五六回来往频。
不是痴儿多逸兴，匆匆公务每缠身。

1976年

千秋岁·戊午夏院试南旋过杭州作，依淮海韵

放游天外，豪气终难退。功业事，曾经碎。钱江潮正激，岸柳飘如带。归去未，屏山脉脉羞当对。　　到底今重会，十载无轩盖。吟课处，西溪在。炎凉论世故，翻覆人情改。湖影乱，波心荡月深深海。

金 戈

（1940 年生）女，浙江诸暨人。中国人民大学对外语言文化学院教授。曾任该院院长。

咏椰述志　致海南人

生根志在海南涯，骤雨骄阳育妙姿。
甘奉琼浆千户饮，愿遮碧伞万家知。
亭亭玉立临风舞，跃跃腾飞借地时。
梦里化为七彩笔，丹青挥洒谱新诗。

1988 年

徐鹏航

（1940年生）湖北黄梅人。原国家经济贸易委员会副主任。湖北西塞山诗社名誉社长。著有《朋行诗抄》。

黄石西塞山

铁锁横江气势雄，吴山楚水两相融。
千年胜迹今犹在，洞掩桃花分外红。

黄梅五祖寺

菩提古树几时栽？宝刹名山引客来。
授法洞前除旧障，讲经台下绽新梅。
匡庐烟景苍穹接，江左田畴瀚海开。

喜看家园花似锦，欲成诗画愧无才。神农架纪行

路转山回一线天，神农架上绕云烟。
风吹林海波涛吼，日照岚崖画轴悬。
北望车城牵叠嶂，西屏巴岭接长川。
登峰极目穷千里，华夏灵光耀眼前。

隆中感赋

隆中俊逸绿葱葱，霜叶黄花映碧穹。
三顾茅庐千载颂，一番对策万年崇。
鞠躬尽瘁堪称范，受命扶孤为竭忠。
赢得东风烧赤壁，总缘时势造英雄。

春游珞珈山

珞珈泼绿景情融，水涨东湖漾碧空。
放艳樱花开暖树，垂丝翠柳拂清风。
连天古阁藏经史，拔地新斋育嫩红。
燕舞人游春不恼，登高临顶慰深衷。

刘树栐

（1940 年生）北京市房山区人。1967 年北京政法学院毕业，多年从事财贸行政工作，高级商业经济师。房山诗词、楹联学会和云水诗社成员，北京诗词学会会员。

养　鸡

养鸡有母又有公，夜圈鸡洞或鸡笼。
母鸡下蛋换零用，公鸡报晓叫五更。

养　猪

家贫少钱又缺粮，猪喂杂菜稀水汤。
食赖猪常停住嘴，人忙伸手撒把糠。

王　渭

（1940 年生）斋名涉趣苑，河北威县人。中国科学院文联副秘书长、高能物理所副研究员。北京野草诗社秘书长。

赠雪垠叔叔

笔底风云气自雄，波澜壮阔大江东。
一生心血精雕刻，雷雨挥毫白发翁。

游“京东第一瀑”

潺潺飞水落银河，千尺潭深幻影多。
朵朵白云湖面映，轻舟云上泛清波。

秋　吟

片绿丛中点点红，百年枣树老犹葱。
压枝果实何由得？全靠坚强斗雨风。

诉衷情·别思

秋深冬浅晓风寒，昼夜雨绵绵。伊人去，月如年，何日再团圆。　　独立小窗前，望青天。别时欲语又无言，意儿酸。

于希贤

（1940 年生）字一丁，云南昆明人。北京大学地理系教授。现中国徐霞客研究会副会长，中国易经协会名誉会长。著有《中国古代传统地理学》。

戏题日记

时初入大学

瀚海浮云飘荡过，灵台朗朗映微波。
且将心迹付诗笔，来日长吟乐事多。

忆饮光叔

时离滇由长江至上海

无尽江流望渺茫，离情恰似茧丝长。
螺峰晓日凭栏处，犹忆诗情话未央。

白少帆

（1941年生）台湾省台北人。1982年定居北京，任中央民族学院教授，中国社科院文学所研究员，华侨大学中文系主任兼艺术系主任。1998年被聘任为中央文史研究馆馆员。

徽州竹枝词

粉墙黛瓦竹交加，装点江干写物华。
早集初窥毛豆腐，新杯未识敬亭茶。

1995年

维扬吟页后记

江左烟霞幻海桑，淮南辞藻绝高唐。
二分明月非耶是，一本琼花鹤故乡。

2000年

次普陀洛珈山

慈悯功成自在洲，珠幡香盖偈绸缪。
海天小谛西来意，半问风澜半问鸥。

2001年

王玉明

（1941 年生）吉林人。1965 年清华大学本科毕业，2003 年当选为中国工程院院士。北京诗词学会副会长。著有《王玉明诗选》。

幽谷临风

初浴晚风凉似水，一天暑气顿时消。
泉声清朗云亭寂，山影苍茫星汉高。
袅袅幽香神邈邈，飘飘萤火夜迢迢。
更深露重归犹恋，九曲溪流入梦遥。

1962 年

长城（录一）

长城万里赴瑶宫，千载白云乘大风。
智力合凝成伟迹，人民自古是英雄。

蓬莱仙岛（录一）

茫茫沧海访瀛洲，浪里飘摇一叶舟。
仙子芳踪无觅处，长生灵药更难求。

采石矶怀诗仙（录二）

（一）

月光如水洒长江，一片空明夜未央。
游罢天宫游旧地，诗魂千古恋家乡。

（二）

捉月台前明月光，当年足迹染秋霜。
幽思无尽徘徊久，此刻诗仙醉哪方。

陈明远

（1941 年生）上海人。1963 年毕业于上海科技大学，同年至北京中国科学院电子学研究所工作，1982 年任北京语言学院讲师。

夜　航

平生爱大海，披月趁风雷。
脚踩惊涛涌，心追鸿雁回。
千翻战水怪，一笑见灯台。
挥手迎朝日，火球花盛开。

莫干山剑池

山林皆铁色，风吼见雄姿。
夕照连炉火，奔星入剑池。
浓眉横黑气，利刃藏青衣。
识得三王墓，万民血恨诗。

答友人

问君何日喜相逢，笑指沙场火正熊。
庭院岂生千里马，花盆难养万年松。
志存胸内跃红日，乐在天涯战恶风。
似水柔情何足道，堂堂铁打是英雄。

刻　竹

童年刻竹壮年寻，泉畔犹存赤子心。
骨耐风霜何挺拔，迹随日月自深沉。
青枝抚出飞云笛，巨杆排为流水琴。
雨箭冰刀磨不灭，苍苍郁郁到如今。

高立元

（1941年生）山东临朐人。历任解放军总参通信部办公室主任、解放军通信工程学院副院长、解放军理工大学副校长等职，少将军衔。2000年退休。中华诗词学会理事，北京诗词学会副会长，解放军红叶诗社副社长。

咏毛泽东同志等领袖西柏坡推碾

太行深处小山村，荡漾东风万象新。
春意盎然飞笑语，征途迢递走雷音。
时将五谷研为粉，终把三山碾作尘。
西柏坡中几双手，共旋日月转乾坤。

北京市领导与市民共除积雪感题

漫天雪舞冻云稠，枝叶关情京府侯。
挥铲共疏千巷堵，捧心欲解万家忧。
弄潮本是扬帆手，执政甘为俯首牛。
三九严冬风冽冽，暖流阵阵逐寒流。

平谷桃园女

云烟淡淡雨初收，轻抹胭脂簪上头。
倩影婆娑邀蝶舞，芳词婉转共莺讴。
花开意盼崔郎顾，果熟心忧大圣偷。
借得春光编织梦，卧龙山下写风流。

走边防遇鲁籍战士有题

巧遇山东小老乡，边陲哨卡界碑旁。
眉扬剑卷风云气，语吐雷生齐鲁腔。
迷彩冰原抹春色，霜锋苍宇射寒光。
征途相约共追梦，我举吟毫你握枪。

鹧鸪天·游陶然亭

正是桃燃柳吐烟，东风相约到陶然。偷移琼圃园三亩，巧剪西湖水一环。青冢侧，古庵前，补天播火忆英贤。笙歌阵阵婆娑舞，春满乾坤慰广寒。

周爱群

（1941 年生）湖南汨罗人。曾在坦桑尼亚和南斯拉夫工作，后任驻波兰、立陶宛和希腊武官。中华诗词学会会员。出版有诗文集《天涯芳草》《夕阳吟草》。

欣闻复转老战友再聚广州

喜迎八一聚羊城，执手相看白发生。
犹记巡山擒虎豹，难忘蹈海斩鲨鲸。
忠心报国千番搏，矢志为民万里行。
漫道廉颇今已老，护瓯他日请长缨。

鹧鸪天·春游鹫山国家森林公园

远去喧嚣远去尘，鹫峰园内踏青人。甩开大步盘山路，直揽峰腰白絮云。　　呼老伴，长精神，临风一啸九天闻。登高更上千层岭，纵目青青万里春。

喝火令·致骚坛小聚诗友

细雨微凉透，厅堂热气扬。敞开心迹话沧桑。忘却年龄经历，谈笑入诗囊。人老常怀旧，情真思绪长。青灯黄卷赋衷肠。总念吟朋，总念聚时光。总念浓浓春意，诗酒醉罗江。

踏莎行·登岳麓山眺望母校湖南师大

悦耳秋声，宜人秋色，轻车熟路回归客。杜鹃且莫问缘由，心香应在山东侧。栉比高楼，阳光新宅，桃园望断昨难觅。只为寻梦路长长，满头赢得繁霜白。

陶文鹏

（1941年9月生）广西南宁人。中国社会科学院学者。

登太华二首

（一）

西岳撑天气势雄，黄河却变小蟠龙。
莲花怒放银潢上，日月欣生石掌中。
地展秦川千幅锦，人钦造化万年功。
畅神无外诗情涌，一轴丹青一座峰。

（二）

三峰拱峙斗牛间，雄镇唐都护汉关。
放出黄龙飞渤澥，氤成紫气驻河源。
谪仙醉舞云台月，诗佛高吟玉宇莲。
万壑电鸣催逸兴，新乾坤要大歌篇。

张鹏飞

（1942年生）上海嘉定人。1959年入伍,1960年加入中国共产党。曾任国防科技大学政治部主任、少将军衔。总装老干部大学副校长。

江城子

长城内外陌阡桑。映三江，玉琳琅。五星高照，彤影送春光。远虑生灵匀冷热，谋众望，更辉煌。　　巨轮滚滚霸惶惶。耍花腔，放阴枪。暗播风雨，赌棍自疯狂。砥柱中流深洞彻，平涌浪，扫秋霜。

西江月

雾散云开日丽，崖绝路转江宽。轻骑如箭越重山，指点宏图万卷。　　引技招商借鉴，创新由我登巅。春秋特色景斑斓，试问谁能更倩。

蝶恋花·洲际导弹首次发射

西塞酒泉龙怒吼，东五呼风，飞越天门口。玉帝驾云深拜叩，龙王捧酒亲恭候。　　神剑骁腾脱颖秀，直下南洋，切中蛟龙首。今日王牌吾亦有，奈何西霸狂魔手。

一剪梅（二首）

（一）

风雪十年民最忧。舌战无休，械斗无休。轮番罪判拓荒侯。苦你心头，疼我心头。霹雳一声震九州。恶雨东流，霸气东流。青天晓日笑悠悠。已是金秋，胜似金秋。

（二）

寰宇高歌破浪舟。遥视东球，又眺西球。天涯处处缔良俦。旨在华道，共劲同道。丈富量贫善统筹。未雨绸缪，情意绸缪。东西南北志同酬。智战荒洲，绘就青洲。

崔育文

（1942 年生）北京房山人。中华诗词学会会员，北京诗词学
会理事，房山区诗词楹联学会副会长。

闲　吟

淡墨著文章，柔毫斥虎狼。
诗山多俊俏，紫砚自端方。

院中枣树

娇芽点点碧玲珑，暴雨骄阳荡翠风。
一夜清霜星数闪，中天月朗醉枝红。

山居漫吟

柳笑薄岚幻任风，轻岚斥柳媚腰弓。
山鹰不问蓬间事，冲破层云向碧穹。

陈昊苏

（1942年生）四川乐至人。曾任共青团中央书记处书记、广播电视部副部长、北京市副市长。现任中国对外友好协会会长。

羊年咏羊

犄角高扬目有光，温和肥壮软毛长。
冰天毡帐殊温暖，篝火膻羹尤味香。
牧羝曾传苏武节，披裘争说子陵芳。
高原处处琴歌美，水草丰腴庆永康。

雨后彩虹

长空雨后暮云遮，东挂彩虹西染霞。
难得黄昏如彩画，陶然欲醉望天涯。

沁园春·青藏铁路赞歌

跨越昆仑，瀚海荒凉，舞起玉龙。踏高山唐古，稀云薄氧；横空干冷，少雨多风。重任承担，无私无畏，筑路英雄立大功。登临瞰，叹金蛇狂舞，酷似霓虹。　　沿途景色无同。举目望、吞咽大漠风。在繁忙工地，填沟凿洞；架桥铺轨，致富途通。开拓游踪，繁荣经济，银臂遥深入九重。笛声里，正赞歌和唱，褒奖天工。

钱世明

（1942 年生）生于北京，浙江山阴人。北京戏曲研究所副研究员，北京艺术研究所研究员，中国文字著作权协会会员。著有《钱世明诗词选》等。

无题二首

（一）

鸡舌留香忽一年，约期成梦梦如烟。
可堪十五云遮月，望似非圆本自圆。

（二）

期约空留太忍生，不辞浮海若为情。
我心化作天边月，高照扶桑苦觅卿。

题鹰图

奋翼凌霄去，山河眼底开。
羽边风凛冽，云外影崔嵬。
为有松岩性，何需莺燕才。
凝神看狐兔，一怒下荒莱。

玉兰花下

玉兰二月开，开似玉人来。

枝上亭亭立，云边楚楚偎。

如何不解语，负我欲求媒。

或有相思意，芳魂天外回。

莺　动

莺动诗心花动肠，千呼百唤意茫茫。

燕山不语相思切，汾水低歌和梦长。

为妒清风亲翠袖，还仇晓镜抱红妆。

离魂未必皆闺秀，愿做离魂第一郎。

冯绍邦

（1942年生）北京房山人。北京诗词学会会员，房山区诗词楹联学会副会长，房山云水诗社社长。著有诗词集《枫窗闲赋》《听雪楼诗稿》等。

晨起穿衣偶吟

虽慢肢能动，眼花脑尚清。
转身如转世，来日即来生。

题《江南春晓图》

十里河声五里桥，桃花夭艳菜花娇。
谁家笑语飞墙外，半入舷窗半入涛。

卖画者言

毕业回家可奈何？行囊一裹走长街。
借他宝地求发展，凭我丹青免受憋。
防晒撑开帆布伞，御寒穿上厚棉靴。
娘怀问暖无愁事，断奶才知钱是爹。

卜算子·灯下细语

我爱石头奇，你爱鲜花美。同是山中苦命娃，一样心肝肺。　且喜老来福，知道啥滋味。只把痴情寄物身，留与儿孙辈。

[中吕·山坡羊] 劝茶

花茶除臭，红茶清垢，雀舌瓜片松针瘦。一壶春，一壶秋，茶盅敬出交情厚。海阔天空聊个够。疏，也算友。亲，咱再凑。

郑玉伟

（1942年生）北京市人，原籍河北元氏。中华诗词学会理事，北京诗词学会副会长，中国楹联学会会员，北京西城区作协会员，中华诗词学会教育中心研修班导师，《北京诗苑》副主编。著有诗集《白雪黑土歌》等。

沁园春·祖国的明珠三沙市

南海奇葩，美丽三沙，无限风光。望星罗棋布，珍珠翡翠；天清气朗，渔网船舱。历史悠悠，秦砖唐瓦，汉字文明耀此疆。烟岚笼，赏人间仙境，海上漓江。　　千年宝岛炎黄，竟鬼魅垂涎骚扰狂。看虎威狐借，兴风作浪；鲸吞蚕食，掠美偷香。锦绣山河，庄严神圣，十亿龙泉铸铁墙。忽抬眼，见钟馗英武，小丑惊慌。

菩萨蛮·太空之吻贺我国天宫一号、神舟八号成功对接

英姿飒爽多情妹，帅哥倾慕邀相会。阿妹跑如飞，阿哥随后追。　　妹含羞怯意，暗把秋波递。哥却不知羞，一亲笑九州。

沁园春·神马

立马昆仑，骋目云天，无限时空。昔乌骓问鼎，拔山盖世；白龙逐鹿，陷阵冲锋。赤兔追风，黄骠捉月，多少江山马背功。观青史，有传奇无数，名震寰中。扬蹄似虎如龙，看掣电奔雷顶逆风。任千钧负荷，英姿飒爽；百关飞越，行色从容。浩气盈怀，丹心烁日，破雾凌霄丽九重。天门上，正仰天长啸，啸傲苍穹。

杜甫草堂感赋

一路行来费折磨，穷愁潦倒奈其何。
苦心再酿熏天酒，热血犹腾撼岳波。
肉臭朱门千载刺，泪飞茅屋万年歌。
蓬门虽小包容大，日月明珠耀汉河。

彩蝶赋

翩翩起舞喜盈盈，对对双双逐影踪。
曲曲恋歌甜蜜蜜，绵绵情侣意融融。
亲亲密密花枝上，绿绿红红画卷中。
奉献人间无限爱，出身原本是毛虫。

赵仁珪

（1942 年生）北京市人。现任中华诗词学会常务理事，中国书法家协会会员。2003 年被聘任为中央文史研究馆馆员。著有《宋诗纵横》《论宋六家词》等。

题高昌故城遗址

断墙三五里，曾是帝王家。
关隘坚如铁，人烟密似麻。
一朝驰铁马，遍地卷黄沙。
东土重来客，登台独自嗟。

1996 年 9 月

游钓鱼城

钓鱼城险扼三江，曾是当年旧战场。
丛草锻成长剑戟，层城筑就铁脊梁。
岂延宋祚卅馀载，更励国魂千古光。
十万英灵今尚在，松青柏翠野花香。

2002 年 10 月

纳西古城晚酌

竹楼青瓦晚风凉，花木扶疏入小窗。
野味山肴杂古乐，板桥溪水助流觞。

2003 年 11 月

张心舟

（1942 年生）河北丰宁人。1960 年入伍。曾任总参某部政治部宣传处副处长，业务处政委。解放军红叶诗社副社长兼秘书长。

忆从军

携笔从军塞上行，习文学武壮山城。
曙光喜看方方阵，暮色欣听朗朗声。
踏月巡营霜满地，临风放眼雪初晴。
戎装不负凌云志，跃马扬鞭第一程。

赠无名战线老战友

北战南征五十年，闲居未敢忘烽烟。
金戈铁马梦常绕，故垒同袍魂总牵。
笔下风雷连海角，胸中日月薄云天。
无名元老诚无我，半纪辛劳写赤丹。

编校《红叶》得句

携笔从戎笔亦枪，离鞍又作校书郎。
常随吟长敲奇句，每向诗贤索锦囊。
佳构天成三拍案，浩歌人诵九回肠。
秋翁不惮耕耘苦，霞染枫林醉晚霜。

岳宣义

（1942 年生）又名岳如萱，四川南江人。曾任解放军济南军区政治部副主任，中纪委驻司法部纪检组组长。少将军衔。中国法律援助基金会会长，中华诗词学会、解放军红叶诗社顾问。著有《八千里路云和月》。

回　师

边寇今天讨罢还，七十二号界碑前。
又瞧华夏河山好，伴我春风唱凯旋。

1979 年 3 月

调关矶上生死碑

万里长江险段长，荆江三转九回肠。
铺天浪涌西来急，盖地涛奔东去忙。
誓为平原除险患，甘同武汉共存亡。
英雄生死抛天外，立马矶头豪气扬。

1998 年 8 月于石首

新中国成立六十周年阅兵

撼天动地过长安，华夏欢欣醉俏颜。

梦里百年悲鬼后，眼中一刻笑楼前。

鸟枪换炮堪威武，霸主惊心不胜寒。

钢铁长城新耸起，任凭风浪凯歌还。

宣奉华

（1942 年生）女，安徽肥东人。毕业于武汉大学中文系。中国新闻学院副院长，教授，研究生导师，党委副书记。中华诗词学会副会长。著有诗集《涓流集》等。

雨中观贵州省绥阳县蒲场镇文艺展演

雨中歌舞更难忘，蒲场文风靓夜郎。
狮子山头吟啸处，诗情澎湃涨乌江。

赠蒲场中学方均校长

翠柏青松满苑栽，上庠诗教育群才。
螺江雏燕迎风雨，好继良师壮志来。

田俊江

（1942 年生）生于北京，祖籍天津，字雨轩，号大江。1962年毕业于北京师专中文系。曾任中学教员、文化馆馆长、中华诗词学会原副秘书长、澄霞诗词社社长。北京中国画研究会副会长。合编有《中华诗词·会员作品选》《中华词综》等。

沁园春·游海西并宿

兴游赛里木湖夏草场，夜宿蒙古包，与维吾尔、哈萨克、蒙古族牧民畅谈，填是阕以记之。

北国西陲，赛里木湖，雪岭蜿蜒。望琼波万顷，清空碧澈；牛羊遍野，芳草无边。更喜天鹅，客居小岛，岁岁仙游云水间。方雨霁，现双虹异彩，瀚海奇观。弟兄共叙团圆，好日月，毡房笑语欢。谢主人厚意，馕香酒美；雕琴雅乐，舞媚歌甜。七十衰翁，与君把盏，月上松林兴未阑。新政策，拓神州远景，情满天山。

东风第一枝

　　新疆博尔塔拉蒙古自治州有高山湖泊曰赛里木湖。是处雪山入云，松杉满目，湖水碧澈，芳草萋迷，宛若仙境。然交通不便，人迹罕至，气候复杂，终岁多寒，有史以来被视为生物禁区。为开发边陲，州政府投资兴建冷水性鱼类试验站。青年科研人员工作数载，养鱼已初获成功。余夏日至此，沐风雨，着皮裘，踏波浪，食湖鱼，深感创业之艰，赋此以志。

　　山岳镶银，松杉滴翠，琼波万顷澄澈。倩君试弄丹青，敢问怎分颜色。风光胜画，只叵奈、千年寂寞。更每日、春夏秋冬，雨雪风霜难测。　　烟袅袅、绕湖边宅，情款款、待不速客。共尝釜鼎鱼鲜，初喜科研果硕。少年志壮，凭谁论、凄清冷落。到未来，富了边陲，创业立功卓荦。

念奴娇·黄河诗会即兴

　　五龙峰上，倚栏杆，指点千年遗事。浊浪浑茫流大野，只叹沧桑兴废。禹辟龙门。羲图龟字，谁揾苍生泪？几多争战，更添弓角残迹。　　中州一脉春风，芳菲世界，处处多佳丽。闲坐花前寻好句，雅会文坛高士。墨舞书奇，手谈棋妙，白首兴豪思。酒阑人醉，犹闻吟唱声细。

念奴娇·青岛抒怀

中华诗词学会在青岛召开第三次常务理事会，市委组织众诗家参观市容，抚今追昔，不胜感慨。

登楼遥望，荡心怀，浩淼海天无际。一角芳洲舒碧浪，细数满城娇媚。翠树堆云，红房砌玉，袅袅环歌吹。轻风似酿，八方诗客沉醉。　　回首往岁如烟，百年惆怅，多少英雄泪。梦里仙山空缥缈，可奈风狂雨肆。古炮残台，珠帘画栋，记写乾坤事。叩栏长啸，龙泉三尺休寄。

张一民

（1943 年生）山东滨县人。1963 年毕业于中央工艺美术学院壁画专业本科。历任教务处长、院党委委员、副院长。现为中华卿云诗书画社常务理事，中华诗词学会会员。

鹧鸪天·诗书乐

洗掸征尘转艺坛，挥毫泼墨谱新篇。精书潺潺延河水，巧绘巍巍宝塔山。　　延安颂，太行山，高歌咏唱喜心间。银须白发何言老，敢把馀晖洒满天。

渔家傲·钓鱼乐

旭日东升霞蔚媚，钓丝鱼食勤操备。结伴骑车犹赶会。渔装佩，宛如昔日武工队。　　绿柳清波湖色翠，垂纶静坐凝神窥。红鲤罗非竿顶坠。何言累，未尝美味心先醉。

江城子·小草

平生无意怕冰霜。大河边，小溪旁。地角墙头，随处绿茫茫。不与群芳争沃土，心坦荡，气昂扬。　　说来本事最平常。筑柴房，喂牛羊。烧炕温床，乐意以身当。奉献捐躯心无悔，灰已烬，愿皆偿。

刘宝安

（1943 年生）祖籍河北乐亭。曾任《中国诗词年鉴》《当代中国诗词百家》《诗词创作》编辑。中华诗词学会教培中心指导教师，《中华诗词》杂志资深编辑。

题《春时图》

夕照竹林密，蛙鸣湖水涟。
松峰接天幕，茅屋荡炊烟。
栖雁扶摇急，悬竿垂钓闲。
髫儿追蝶影，农妇事桑蚕。

陈胜园

史书端的著华章，热血黄沙犹未凉。
一介平锄挥冷月，三天雨露误渔阳。
逾期众说纷纭事，举义君凭大泽乡。
功业千秋碑碣树，汉兴序幕此初张。

故宫建院 85 周年感赋（录一）

东来紫气绕重门，三殿弥和势抱云。
凤辇罔闻畿辅路，朱围久锢府中人。
春明惊梦魂非定，辛亥狂飙事可钦。
劫后金秋观劄景，喜悲交集泪纷纷。

登山海关老龙头

千年风雨润青矶，万里龙腾根在斯。
松脉奇峰闻浪涌，石城巨垒听歌吹。
总兵出列迎朝雾，清帝回銮沐夕晖。
久伫楼台东望海，白帆点点不知归。

金缕曲·缅怀秋瑾女侠

石库台门杳。倚晴岚、三开四进，府河萦绕。照壁迎风花影乱，庭畔数株合抱。金粟发、江南春晓。忽听竹涛声声碎，是何人挥泪长相吊。承露冷，鉴湖渺。轩亭饮恨愁难了。要平身、倡明女学，愿为先导。径入讲堂传武备，旋赴申城办报。端的是、清除廊庙。未捷出师身先逝，与自华埋骨西泠草。巾帼众，竞雄少。

刘明耀

　　（1943 年生）土家族，湖北咸丰人。曾任北京延庆县人大常委会主任。现于县老年大学古典文学鉴赏班任教。中华诗词学会会员、北京诗词学会副会长、延庆诗词学会会长。

辛亥百年祭

千年古国染沉疴，外患内忧奈若何。
志士戊戌悲愤死，仁人辛亥奋长戈。
武昌首义震清室，黄埔北征动山河。
华夏中兴有人继，红星闪耀九州歌。

岁寒杂咏

咏　松

生性孤高众不同，万山落木独葱茏。
恶风怪石嶙峋处，铜干铁枝向碧空。

咏　竹

依山傍水绕宅生，风雨潇潇总是情。
凌雪傲霜枝叶翠，虚心劲节骨铮铮。

咏　梅

不堪蜂蝶三春扰，故向严冬腊月开。
金蕊疏枝香乍起，喜迎瑞雪九天来。

哭文人有感于学界急功近利

文人自古重情操，时下斯文竞折腰。
逐利无心锥刺股，追名有意鼠充猫。
弄虚作假寻常事，换柱偷梁有绝招。
如此歪风如此病，泉台孔孟泪滔滔。

塘　萍

（1943 年生）籍贯山西。曾在北京市文化局工作。北京诗词学会常务理事。作品有《白兰花》、诗《江南情丝》、散曲《梨园梦》、歌词《迷人的秧歌》。

重　阳

淡雨山边月，清辉作水凉。
望得花几点，感慨度重阳。

读《石头记》悼雪芹

半生流落草结屋，心血十年写泪珠。
不是红楼坍倒后，哪来摇地撼天书。
一怀愁绪墨如刀，笔下朱楼映腐朝。
莫道年年无忆者，香山红叶岭前飘。

一剪梅·花艳早春

香雪一枝赶早开。艳也情怀，淡也心拍。江南有梦月徘徊。愁映红腮，笑映青苔。　　莫叫春花寂寞栽。窗照霜白，门对荒柴。琵琶声里送风来。扫了尘埃，雅了书斋。

任毅谦

（1943年生）河北定县人。原中国机电报编审、主任记者。现北京诗词学会理事。著有《诗文自选集》等。

浣溪沙·喜相逢二首

（一）

阔别重逢又一春，携来旧照喜煞人。桩桩往事醉心魂。　　四十年前军旅苦，开山砺炼铁兵心。大熔炉里验真金。

（二）

不尽年光有限身，弹指花甲石试金。骏骧伏枥奋精神。　　满目山河途路远，百花竞放闹阳春。扬鞭跃马向前奔。

贺刘征先生八十大寿（二首）

（一）

诗翁矍铄笑蜉蝣，赫赫声名壮晚秋。
岁月艰难哭暗夜，春风和煦拂危楼。
盱衡国运抨时弊，干世途穷志未酬。
铁骨铮铮豪气在，八旬大寿更风流。

（二）

耄耋高寿岂蜉蝣，尴尬风流百味稠。
灿烂曦光霞万朵，朦胧月色诗千谋。
杜鹃阵阵催天老，浊酒杯杯释人愁。
世上是非知谁是，青山长在水长流。

郭 云

（1943年生）北京市人。高级政工师，已退休。中华诗词学会会员，中华当代文学会副会长，《诗词世界》杂志社主编。北京东方伯乐诗书画研究员兼客座教授等。著作有《竹风吟稿》等。

通州古运河湾小院人家

无边芦苇野人家，绽放中庭三两花。
鸡鸭成群门里外，晚风敲响竹篱笆。

早春寻觅北海烟云尽态亭

参天松柏蔽真容，久座寒池寂寞中。
故事诚然缘世变，烟云依旧古今同。
镌书跌宕皇家韵，叠石嶙峋冷热风。
尽态宫廷官宦斗，时人感悟意重重。

袁 菁

（1943 年生）女，北京军区空军政治部文工团团员。"文革"期间转业到北京第一机床厂。1994 年获第一届中国传记文学优秀作品"华扬杯"奖。

汉宫春·祭周恩来总理一百一十岁诞辰

勿忘周公，看史文载记，伟相雄磐。和平共处，同战料峭春寒。宏扬国粹，舞翩翩，出使结缘。诚友谊，心灵促感，五洲日暖颜欢。　勿忘群魔攻斗，夜灯明达旦，竭虑周旋。强识几多度险，倾血如丹。身遭浩劫，挽狂澜，护佑英贤。知以往、儿孙铭记，丰碑砥柱擎天。

行香子·军休所晚景

春雨才停，玉兔将升。喜迁居、闲步园庭。翠垣花幛，泉撒珠莹。望亭楼秀，钟楼高，舍楼明。　高杨深路，归鸟悄声。健身场，童叟嬉争。桑榆福厚，驿站心情。愿体兴宁，家兴旺，国兴隆。

刘汉年

（1943 年生）北京市人。东部电子城国营北京分线电厂职工，北京诗词学会首届理事会理事，北京酒仙桥诗社成员。著有《诗词的取意与谋篇》。

赞小草歌

芸芸小草报春浓，绿满天涯未记名。
此曲不应轻薄唱，几从泪眼识豪情。

读书法评论

引领书坛宋四家，苏黄米蔡不同夸。
何须每以仇奸佞，手捧桃花唱菊花。

张淑琴

（1943 年生）河北永清人。北京退休干部，酷爱文学。北京
诗词学会会员，北京市朝阳区诗词研究会理事。

山寨小景

家在深山住，柴扉永不关。
黄花镶路径，绿水响庐前。
杏雨清明至，牧童弄笛还。
艰辛唯老妇，劳作泛红颜。

[中吕·红绣鞋] 香山秋日

红叶满坡有兴，黄花一路多情，晴空归雁两
三声。秋光观不尽，山色画难成，何堪风露冷。

踏莎行·故乡新貌

两岸丝绦，一池莲萼，田间稻菽相交错。蝉
鸣蛙唱欲销魂，长空雁字年年落。　　道净街平，
开冈填壑，红墙绿瓦新楼阁。繁弦脆管小桃源，
明年此日重相约。

行香子·端午与诗友游陶然亭公园

邀聚群芳，共度端阳。青松下、独醒亭堂。丹心凄恻，彩笔华章。继先贤志，民族气，颂尧乡。　　海桥蛇舞，天路龙翔。太空间、访探真忙。以人为本，科技兴邦。正千山红，万园绿，竞和祥。

踏莎行·晚年安居乐

邻里如亲，交谈无间，日常琐事唠叨遍。张妈子女购豪车，回迁李婶房如愿。　　围坐花坛，轻摇羽扇，互邀作客尝家宴。清明大政暖夕阳，健康长寿无忧怨。

刘淑湘

（1943 年生）黑龙江佛山人。闯关东人的后代。记者，作家。中华诗词学会晚晴诗社社长、北京朝阳诗词研究会理事、北京诗词学会理事、《晚晴诗刊》主编。

率队海棠花溪采风

燃天紫嶂蔽青纱，橹棹声声玉鸟哗。
树上无溪溪上树，花中有径径中花。
连堤唤友情犹切，隔水敲诗意自遐。
合是神仙教客醉，逾湖追月醒昏鸦。

曼谷水上人家

湄南河母哺椰羹，汀畔人家高脚擎。
锯木白蓬凭水浪，浣衣黑女裹纱缨。
微波一枕流甜梦，短桨两根摇苦更。
地老天荒沿世代，频听岸庙送梆声。

水调歌头·游嘉兴南湖忆红船

为纪念中国共产党成立 90 周年而作

烟笼柳条岸，雁荡竹花山。微风拂渚，骚人揽秀圣湖间。芳岛瀛洲百叠，曒初终教雨歇，银鹭绕汀翩。榭阁月桥下，临楫忆当年。　　仰天啸，雪国耻，命何悭？伏兵寒夜，始盗天火十骁男。纲举风驰电掣，唤起工农剑戟，烈火广燎原。三固金汤倒，镰斧立新元。

兰书臣

　　（1943 年生）回族，河南偃师人。1968 年入伍。曾任军事科学院军事百科研究部副部长。少将军衔。中华诗词学会理事，解放军红叶诗社副社长。著有《春风集》。

单家集

单家小集好山川，万里长征一宿鞍。
难舍红军人马去，清真古寺月痕寒。

《当代中国丛书·中国人民解放军》脱稿

我军功业世无伦，史笔从来重写真。
开国炮鸣成序曲，裂天箭啸报新春。
经霜不坠青云志，破浪行看巨舶身。
继晷焚膏三阅岁，一书漫卷汗多涸。

读平型关战斗图

雄关要隘伏奇兵，纸上犹闻喊杀声。
山地网收围野鏊，敌军路夺困荒茔。
蓝绦舞断哀号起，红箭飞穿劲镝鸣。
灯下观摩惊所见，赫然入目是长城。

钱宗仁

（1944-1985）湖南湘乡人。新疆广播师范大学毕业，"文革"中遭迫害。1985年从新疆调入北京，在《人民日报》记者部工作，同年去世。

别故乡

凝眸回首意难详，去地归期两渺茫。
汽笛声催家恋淡，车轮响报路行长。
但须后事争前事，也或他乡胜故乡。
寻觅英雄用武地，好花无处不芬芳。

1964年

感事寄韶关诗友二首

（一）

志未形成血尚朱，呼声催迫我何如。半生埋没非花草，无事成功愧字书。不计身心尝万苦，惯于眉眼对千夫。文章惹祸君休笑，自古才人无坦途。

（二）

过眼声名岂滞留，要从闹处觅风流。求知永效出山虎，报国长崇孺子牛。才德若堪称赤子，力心未必不公侯。欣逢改革思开放，敢置馀生到浪头。

深山苦工随感

险路崎岖力未残，尚留诗兴咏忙闲。
露凝绿草三餐冷，月照清溪一梦欢。
血汗聊当人共洒，身心强向世求安。
凡夫莫许山林乐，陶令哪知衣食难。

纪宝成

（1944 年生）江苏扬州人。中国人民大学校长、教授、博士生导师，国务院学位委员会学科评议组成员。出版诗集有《岁月诗痕》。

早春途中

春阳煦艳暖融融，万物初苏意气雄。
倘若寒潮重又袭，奈何浩荡已东风。

1979 年

春寒偶兴

春寒何料峭，风急雨横飘。
窗外桃花落，唯存柳色娇。

1979 年

悼张志新

真言犯上为民忧，正气歌吟敢献头。
留得人间千古恨，书生拍案泪空流。

1979 年

无锡蠡园

太湖波涌水连天，柳绿桃红画蠡园。
西子不知何处去，清吟绝唱二千年。

1985 年

风雨瓜洲渡

驱车过大江，翘首望家乡。
风雨瓜洲渡，云烟最断肠。

1989 年

白彤霞

（1944 年生）字云鹤，北京市人。毕业于北京工业大学自动控制系，退休前为中国地震局地球物理研究所高级工程师。北京中关村诗社、中华诗词学会会员。

木兰花慢·观梅兰芳、周信芳纪念演出

爱麒风梅韵，聆雅调、甚香浓。引百家随和，桃李天下，情有独钟。西皮二黄腔里，有无穷，旧曲换新声。唱尽人间悲怨，全无俗世凡庸。　　魂牵梦绕未了情，洗耳为君听。叹贵妃醉酒，虞姬壮别，徐策跑城。瑶池洛水寂寂，待曲终，此身未分明。收取百年幽恨，化为芳草青青。

[大红袍] 看胡芝凤演《李慧娘》

南渡江山残破，风流犹属临安。红梅旧曲调新翻。奸佞贾似道，淫奢开夜宴。书生裴舜卿，斥贼一寸丹。枉把慧娘香销魂断。怎了却儿女柔情，天愁地怨。　　怕三更漏尽，怕从此陌路钱塘畔。人与鬼，生死一命，两世悲欢。痴情化作复仇剑，也曾经苌弘化碧望帝冤。是与非，恶与善，争奈是天网恢恢转瞬间。

冯又松

（1944 年生）籍贯湖北。曾在总参某部队工作。北京诗词学会会员。

咏建党九十周年

破碎山河破碎心，黔黎亿万苦呻吟。
先知先觉寻真理，群胆群威震远岑。
推倒三山开国运，机谋四化聚民忱。
乾坤再造空前古，日月增辉举世钦。

题英山县莲花山观音阁

黛色烟光映碧空，莲峰遥望梵王宫。
疏钟散落青江外，法雨纷沾俗世中。
高阁香薰三世界，名山露润万年松。
尘心到此初为净，偏爱清新八面风。

鹧鸪天·看上海世博会开园焰火晚会

世博宏开喜气腾，银河辉耀浦江城。光摇玉斗三千丈，镭射空朦万点晶。　　云幻彩，水燃情，长桥浴火半空横。世人惊看神龙起，多少花旗伴五星。

清平乐·香山诗社第六届百望山诗会吟留别

风熏霜染，可爱秋山暖。岁岁西岑诗翼展，胜友何分近远。　　西山红叶多情，八方骚客丹忱。一醉吟秋赠别，来年再续弦声。

马骏祥

（1944 年生）四川南充人。曾在华北油田书法家协会工作。中华诗词研究所研究员，北京诗词学会常务理事。著有《马骏祥诗联集》等。

重建黄鹤楼落成感赋

拔地擎天一座楼，梦圆已是百年秋。
废兴物有千般恨，聚散人生万种愁。
云鹤俱空横笛在，古今无尽大江流。
何时载酒同题咏？隔海归来破浪舟。

辛卯秋与柴桑晨崧寻访京西马致远故居

文坛俯视百千家，一曲秋思天净沙。
倦矣宦途鞭瘦马，悠哉古树听瞑鸦。
小桥流水情无限，明月清风景不奢。
犹见东篱尘外客，招邀野老话桑麻。

北戴河消夏

面海依山举世闻，清凉云集八方宾。
远尘殊觉林峦美，近水方知鱼鸟亲。
朝日染霞观灿烂，夜潮浸月望氤氲。
波柔沙软呼游子，还尔轻松自在身。

水调歌头·五十初度

转瞬韶华去，如梦亦如烟。流年似水而逝，太息也徒然。对镜怜卿一笑，满面沧桑岁月，相顾两无言。纵有回春术，难驻旧时颜。　　昆仑雪，潇湘雨，未离鞍。旌麾指处，油气喷涌笑声喧。志在擒龙缚虎，何惧铺冰卧雪，有泪莫轻弹。一页艰难史，付与子孙传。

念奴娇·北京西山国家森林公园

太行余韵，喜京城邻近，呈瑞笼烟。翠柏苍松藏古道，犹忆香客前贤。瀑迓嘉宾，波催诗兴，银汉降人寰。八方流誉，赏心人造奇观。　　今日携酒凌巅，邀良朋雅士，留醉天然。游目层峦流翠色，列嶂幽壑相连。四季鲜花，三秋红叶，堪媲美香山。晚霞朝日，壮观天赐名园。

蔡　捷

（1944年生）女。武汉大学毕业。中华诗词学会、北京诗词学会、朝阳诗词研究会、红叶诗社会员。枫吟诗社社长。

感　怀

彩影流光老此身，西风未改向阳心。
曾经磨难乌云散，今醉诗文红叶吟。
学海浩茫游忘返，书山青翠喜登临。
悠悠岁月丹诚鉴，慰我清平第二春。

诗社香山秋游

一夜风飙扫乱云，天公晨送碧空新。
放飞画意观红叶，渲染诗情悦锦心。
登岭相携夸浩气，采风唱和显怡神。
枫吟菊颂炫秋韵，晚岁人生胜艳春。

望海潮·美丽北京

　　幽燕形胜，传奇都市，三千岁月风华。宫殿画廊，红墙绿瓦，三山五苑堪夸。琼岛觅云槎。玉泉垂虹彩，胜境无涯。帝冕皇权，曾惹官贾竞豪奢。新天赤帜红霞。看鸟巢展翅，"硅谷"研佳。灯塔指航，宏图引路，来赢大浪淘沙。首善熠清嘉。新京皆入画，碧水红花。圆梦成真好景，民众做仙家！

李栋恒

（1944 年生）河南南阳人。1968 年大学毕业后入伍。原武
警部队政治部主任,总装备部副政委。中将军衔。中华诗词学会
顾问,解放军红叶诗社社长。著有《李栋恒将军诗词选》。

登长城

久期当好汉,今上古长城。
瀛瀚高低接,天时内外更。
原图攘狄虏,孰料笑元清。
真正金瓯堞,并非砖石营。

率机械化集团军演习

又是苍鹰眼疾时,天公偏爱铁军驰。
荒原万里腾狮影,晴宇千寻掠隼姿。
地裂山崩开火令,灰飞烟灭凯旋诗。
大风忧曲何须唱,我自高歌砥柱师。

游甲午海战古战场刘公岛

落晖脉脉照刘公,隐约悲歌入海风。
似祭英灵鸥裹白,如腾恨火浪翻空。
舰残犹欲犁顽阵,炮缺依然啸远空。
知耻男儿休洒泪,卧薪尝胆奋邦雄。

李庚明

（1944 年生）北京诗词学会会员，北京风雅诗社副社长兼社刊《风雅集》主编。

诉衷情·宣誓

当年宣誓举拳头，热血沸腾流。如今信念依旧，欣慰几回眸。　　旗挺举，创先优，永追求。此生牢记，党在心中，屹立千秋。

北京精神颂

阳光雨露育精神，万物催生气象新。
爱国不忘民族恨，创新铸就国强魂。
包容四海和谐暖，厚德千家信誉真。
八字真言飞入户，京城处处满园春。

美丽心灵

靓丽漂浮表面间，惟其可爱在心田。
人生易老心难老，美丽心灵享万年。

张桂兴

（1944年12月生）河北隆尧人。1961年入伍，1985年转业入北京市民政局，后历任基层政权处处长、民政局副局长、党委常委。现任中华诗词学会副会长、北京诗词学会会长。著有诗集《鸟巢集》，主编有文集《诗论选》等。

马岭河峡谷

一剑开深谷，湍流万仞中。
银河天上泻，雨霁化霓虹。

唐山湿地公园

浩渺芦花荡，曲桥连水乡。
路边花斗艳，堤岸柳生凉。
鸟雀归巢宿，鱼龙如梦翔。
减排添绿色，低碳丽天长。

晚登鹳雀楼

九曲黄河水，衔云鹳雀楼。
神牛连广宇，古寺解清愁。
檐挂一钩月，川播万里秋。
名诗扬四海，谁不识蒲州。

采桑子·西沙永兴岛椰子树

　　扎根海岛参天立，扮美边疆。守护边疆，昂首任凭风雨狂。　　海天一色鸥为伴，送舰出航。迎舰归航，飒爽英姿哨所旁。

一剪梅·秋思

　　冷雨潇潇轻打窗。枫叶嫣红，银杏金黄。斑斓色彩燕山岗。五谷丰登，大地辉煌。人到中年负重梁。收获秋实，谱写华章。星移物转历沧桑。看淡功名，心达三江。

赵宗元

（1944 年生）河北南皮人。1964 年入伍，曾任总参炮兵政治部干事。中华诗词学会会员，解放军红叶诗社社员。

忆某炮兵师冬训

凛冽狂风雪漫天，雄师挺近鲁南川。
战神越岭猛如虎，铁骑翻山快似烟。
昔日孟良歼敌寇，今朝战地谱新篇。
熔炉百炼铁军在，猎猎军旗色更妍。

高炮旅换装感赋

欣闻劲旅换新装，夜不能眠喜欲狂。
难忘跨江驱虎豹，静思援越射天狼。
惊天利器军威壮，亮剑长空国力张。
今日满头飞白雪，战神心系志昂扬。

李梦超

（1945 年生）河北遵化人。曾任中国人民大学校报主编、编审。

读袁宝华《偷闲吟草》有感

栽桃种李未悠然，巧剪光阴会谪仙。
背负民生趋水火，心牵国计走山川。
峥嵘岁月投金笔，浪漫情怀赋彩笺。
气定神驰思正道，轻歌几曲绕林泉。

2001 年

望海潮·献给抗洪抢险斗争

雨斜云密，大江横溢，洪峰浪涌排空。迷彩战舟，旌旗画角，山南地北心通。万众缚蛟虫。有中流砥柱，臂铁胸铜。救难扶危，加堤堵口见英雄。神州气势如虹。遇多磨百事，共济和衷。呼应九天，凝联四海，悲歌壮曲如风。伟业震苍穹。愿林深蓄水，土沃农丰。化险千重，征衣抖落晓霞红。

1998 年

刘　波

（1945 年生）河北行唐人。曾任《战友报》社社长，解放军报社记者处处长、原国家新闻出版总署报刊司司长，中国出版工作者协会常务副主席兼秘书长。著有诗集《画瓢集》。

老山战区行

　　奉献精神何处寻，老山峰顶气森森。多少男儿女儿志，多少拳拳报国心。谁言军人少情意，英雄原本是凡人。也有老母床上病，也有爱妻苦中吟。也有情人绝情信，也有万贯付流云。只为肩头国事重，如山负担埋藏深。大军南征胆气豪，虎帐谈兵论通宵。将军胸中巧运筹，壮士阵前杀声高。月黑风紧云雾重，双目紧锁猫耳洞。岂容觊觎我寸土，敢叫敌血染刀红。神炮怒吼风云变，动地惊天盘肠战。阵阵战战捷报飞，壮我军威在西南。军工负重上老山，线路堪比蜀道难。背粮背水背日月，何俱百米生死线。白衣天使战火中，巾帼不让须眉雄。救死扶伤心切切，战士最念大姐情。枪声炮声不停歇，夜夜杀贼甲不解。青春染得南疆绿，碧血浇红花婆娑。并非男儿喜战争，军人从来爱和平。请看南疆硝烟里，仍有柔情在洞中。中原小妹情意长，心随阿哥在南疆。猫耳洞中一杯酒，婚礼宴上无新娘。我在阵前久伫立，左右皆是好兄弟。谁人不可传青史，谁人不谱英雄曲。你虽离去默无言，我亦知你心中事。君不见，麻栗坡上九百九，英灵常在雾中走。笑看百花齐开放，欢歌细语翩翩舞。噫吁嚱，丈夫许国不复回，功名利禄皆身外。只愿人间处处春，英躯何惜化山脉。

1987 年

蒋有泉

（1945 年生）浙江奉化人。中国新闻学院中外文学研究所副所长、中国楹联学会副会长、野草诗社副社长兼理事长。

野草吟纪念野草诗社成立三十周年

听风待月性超然，无意争荣寓大千。
唯抱素心凭造化，笑辅平野碧连天。

西山游

纵怀放步走嶙峋，泉老云低隔世尘。
寒蝶苦追寻路客，野风怠拂忘机人。
北雁阵横翔浪漫，西山霜重显纯真。
物理无穷天地象，阴阳交易总图新。

江城子·过泰顺泗溪北涧桥

溪山春晓艳阳天，水潺潺，百花妍。杜宇声中，彩蝶戏流泉。飞涧廊桥迎远客，清切切，意绵绵。千年史镜照奇然，记悲欢，鉴从前。苍狗白云，岁月逝如烟。摄影采风心欲醉，思漫漫，梦翩翩。

游赤壁一感

箭满草船因雾重，火烧赤壁赖东风。
功成咸赞孔明智，计出天文地理中。

林 岫

（1945 年生）字苹中，号紫竹居士，浙江绍兴人。现中国新闻学院古典文学教授、中国书法家协会副主席、中华诗词学会理事。著有《古代问题知识及诗词创作》《古文写作》等。

画鱼自题

初试淋漓墨，草香春雨馀。
窥惊如有思，过疾似驰车。
白眼对冠客，碧波摇雾裾。
前三百年事，安识我非鱼。

游日本浜名湖公园

浪静波恬澄绿，清茶皱处徘徊。
几路莺歌散后，一帘花雨归来。

观钱塘弄潮

旗亭声动忽奔雷，波道横天势不回。
拔地漩澴生浩荡，掉头崒嵂失崔嵬。
白烟一线旌旗舞，黑帐千军瀑雪摧。
叫道少年身手好，腾舟半壁九徘徊。

临江仙·采石矶

波自动中能定，云从断处相连。天门牛渚谢家山。荒坟谁与共？千载浪花圆。　　流水高山何处，功名过眼云烟。风流何必世人怜。骑鲸常得得，扪月任翩翩。

渡江云·题早梅

幻重重紫玉，衣香屡粉，清气动浮邱。恰飞琼照影，素女含颦，谁令水悠悠。生涯惯冷，花期误，自许风流。罗浮梦，如今纵有，恐也难留。　　今休。一身甘苦，几度荣枯。问绝尘英秀，何处寻，孤山月窟，庚岭云楼。多情易瘦无情恼，胭脂泪，浓淡都愁。长只向，风前雪里温柔。

陈　超

　　（1945 年生）北京延庆人。大学本科学历。北京诗词学会常务理事、延庆县诗词学会副会长。曾在面向全国征稿的"延庆杏花节诗词大赛"中获一等奖。

再游九眼楼

险塞经年景万千，晚秋楼冷近云天。
箭窗如镜镶山岭，刁斗惊心动宇寰。
多少元戎霜染木，几乎画意雾封边。
长城走线缝南北，华夏百族同月圆。

游古北口长城

雨霁雾云粘戍楼，青山镇水影如眸。
杂花散漫玲珑院，曲径沉浮翡翠沟。
应见风烟逐历史，细将关隘辨从头。
男儿到此腾热血，欲取长城作吴钩。

重阳节兼怀秀美退休

霜浓妆灿烂，山老势嶙峋。
枫水摇霞影，芦风散雁声。
人延菊酒后，情醉苑林中。
应念仓实满，何忧画野空。

咏珍珠泉薰衣草

本是西洋金贵物，山乡落户满田畴。
清香岂止熏衣物，亦染农家日子头。

水调歌头·延庆杏花春

延庆群芳秀，最酷杏花春。万树枝吐艳，装扮地天新。山野如披霞锦，香引蝶蜂竞舞，细雨染红林。更有缙山下，花海涌岚云。　　拥关塞，扑峡谷，闹河滨。相邀桃李樱柰，韵醉踏青人。昔日辽金御苑，八景古城烟树，犹有故乡存。李杜仙游此，举酒忘倾樽。

李增山

（1945 年生）河北平山人。北京军区退休干部，曾任军分区副司令员。现为中华诗词学会常务理事，北京诗词学会常务副会长，《北京诗苑》常务副主编。著有《李增山诗词选》等。

谒北洋海军忠魂碑

刀光剑气逼云霄，海雨天风恨未销。
朽府无能收失土，忠魂大义赴汹涛。
依稀舰影歌悲烈，缭绕鸥声慰寂寥。
肃立碑前传喜讯，自家航母已开锚。

登岳阳楼

人逢悲事独登楼，湖满春光心满秋。
楚水湘山依旧媚，橹声樯影载新愁。
耳边历历岳阳赋，天际凄凄盼助眸。
难赴西川肠断地，烟波深处看飞鸥。

宿雁门关

莽莽风沙塞，昏昏星月关。
尘扬烽火路，雁乱战云边。
马上军情急，楼头鼓角喧。
鸡鸣惊一梦，遥望海疆天。

回乡探母

少年戍边去，到老始回乡。
望眼嫌家远，归心觉路长。
孤村刚入目，热泪已沾裳。
不等柴门进，隔墙先喊娘。

观反腐展归来

触目惊心梦不成，凄风吹雨到天明。
开轩遥听林中鸟，病树枝头啄木声。

霍　达

（1945 年生）回族，祖籍福建泉州，生于北京。国家一级作家。1966 年毕业于北京建筑工程学院。第十、十一、十二届全国政协常委，1999 年被聘任为中央文史研究馆馆员。著有《国殇》《民以食为天》等。

唐招提寺

扶桑月色洗征尘，古寺苍茫访鉴真。
欲叩山门终不忍，恐惊千载梦中人。

大涌谷途中

心闲景亦宽，路远不愁攀。
回首霜林外，云横富士山。

水调歌头·送中国远洋渔业船队启航

漫漫西行路，滚滚远洋潮。汽笛一声长啸，壮士赴滔滔。重驾郑和樯橹，再续丝绸古道，雪浪溅征袍。网落鱼龙舞，锚起星辰遥。　　男儿血，赤子泪，洒碧涛。夜来船满明月，乡恋挂桅梢。梦里乘风归去，问询故人安好，暮暮更朝朝。叩舷歌一曲，大海起狂飙。

1994 年

李殿仁

（1945 年生）山东滨县人。1964 年入伍。曾任陆军参谋学院政委、国防大学副政委，中将军衔。中华诗词学会会员，解放军红叶诗社社长。著有《纸烁真情》。

官厅野训

风卷黄沙尘飞扬，车喷火龙放红光。塞北晚秋添新景，荒漠练兵逞英强。官厅波涌歌勇士，燕山展臂锁金汤。铁甲战士豪气在，和平之声传四方。

瞻仰徐向前元帅故居

朴朴实实小山村，冷冷清清一故园。邑是元帅诞生地，面貌仍是旧时颜。并非无力修高宅，只因不忍百姓钱。一生荣辱抛身外，两袖清风留世间。徐帅风范鉴千古，后继有人永向前。

范传新

（1945年生）江苏徐州人。1962年入伍。曾任解放军出版社副社长。中华诗词学会常务理事，解放军红叶诗社常务副社长。

绿色吟二首

（一）

群峰泼墨翠云重，是处家园沐绿风。
他日伞荷笼大漠，江河入梦也晶莹。

（二）

国中最绿是军营，林阵戎装低碧空。
纵使茫茫绝域处，依稀哨卡有花红。

回望解放战争

关内辽东一局棋，连番博弈古今奇。
白先徒炫鲸吞势，红后频操神化机。
土偶乘流忧梦醒，天河洗甲看山移。
师分曲直从来事，人世输赢赖布衣。

赵金光

（1945 年生）字子溪，四川旺苍人。曾任解放军 304 医院院长，解放军军需大学校长，少将军衔。中华诗词学会会员。

[双调·得胜令] 从军

跃马走寒山，拔剑过冰川。许国寸心铁，劳歌热血篇。扬鞭，入梦家乡远；几番，松声枕月眠。

洪学仁

（1945年生）北京市人。北京诗词学会会员，著有《北京竹枝词》等。

竹枝词三首

药　价

费用年年向上调，产销渠道备红包。
批零折扣频加码，空唤奈何价又高。

盛　宴

北海龙虾南国蛇，千金一掷太豪奢。
如何酒过三巡后，全入乡亲泔水车。

尾　气

终日喧嚣通九衢，车流络绎绝尘驱。
黑烟滚滚随声到，何处驰来墨斗鱼。

姚飞岩

（1945 年生）上海崇明人。1963 年入伍。曾任海军后勤部政治部秘书处处长、海军后勤工作研究室副师职研究员。中华诗词学会会员，《红叶》副主编。

汶川救灾

一震汶川衔命奔，鹰腾舟竞更飞轮。
断崖石滚开通道，颓屋墙摇却死神。
危让生机医让药，渴分清水饿分飧。
为民甘愿蹈汤火，中外咸夸解放军。

南沙卫士

男儿鳌背写青春，勇出天涯戍国门。
常笑鲸鲵掀涌浪，惯看雷电激风云。
情豪舞振鸥千羽，梦远歌辉月一轮。
莫道礁盘无峻险，权碑身任作昆仑。

海军建军六十周年书怀

林下经年百事安，素心偏向海天牵。
鲸鹰乐见征程远，礁屿欣闻戍垒坚。
旗指亚湾巴奏凯，云翻台岛备腰鞯。
此身合老沧波上，帆举鸥歌梦亦甜。

喻林祥

（1945 年生）又名蒲阳，湖北应城人。1963 年 2 月入伍。曾任解放军总政治部组织部部长、武警部队政治委员、武警部队党委书记。上将军衔。著有《戍楼诗草》。

赴库尔勒训练基地看望参加"西部——二〇〇四"演习官兵

漠北烽烟绝，天山明月多。铁甲列阵远，夜半落银河。八月暑气重，戈壁犹流火。军井尚未汲，将士不言渴。疆场东移位，演练严近苛。网上一令下，千军急如梭。雪岭飞兵来，沙碛出金戈。用兵务求联，胜算成于合。军中贵神勇，笑向刀丛过。

黄羊滩感怀

昆仑八月漫天雪，千峰挺立争高洁。银海无痕秋色隐，雪里空留车行辙。黄羊野马不复见，但有饿鹰声悲切。守防高原等闲事，哨卡军旗临风猎。寒尽春暖何时来，厉兵秣马情自得。

记军区联合兵团实弹战术演习

演兵长城外，扬威贺兰山。秋风吹白草，黄沙寄微寒。铁甲出漠北，轻骑绕三关。精打中军敌，聚歼众愚顽。夜雨征衣湿，晓云古道宽。制敌凭远击，短兵仍救残。

李树喜

（1945年生）河北省安平人。1969年毕业于北京大学历史系。高级记者，作家，现为中华诗词学会副会长，《中华诗词》杂志编委。曾任光明日报出版社社长兼总编辑。著有诗集《杂花树》《诗海观潮》等。

喇叭沟门

烟雨半沟青满门，轻寒沙路浥清芬。
小溪得雨隐还现，蝉鸟期晴静复吟。
木为直腰宁落叶，草虽枯槁为留根。
皆言原始深幽好，更爱云松孤不群。

登慕田峪

新还旧矣旧还新，寻觅当时那块云。
一派初秋犹带夏，几家孤垒渐成群。
未曾关隘阻胡马，何处桃源安草民。
抛却积年浮滥调，关山应许另弹琴。

京华秋兴

清秋无赖酒来浇，人过中年兴味销。
市面诗文同菜贱，城乡房价比天高。
弦歌百种崇洋调，学问千家画古瓢。
盛世光鲜肥硕鼠，沸声岂但在渔樵。

又登高

一片西风一阵云，抚山挽水且当琴。
雏莺学唱声偏嫩，老干发花色愈深。
天外有星天不寐，林中无客月长吟。
痴痴坐到红枫冷，故友秋思少几人。

令狐安

（1946 年生）山西平陆人。曾任劳动部副部长、云南省委书记兼省政协主席、中央纪委常委。著有诗集《情系彩云南》。

登者阴山

男儿何须裹尸回，血染边关壮国威。
又是一年芳草绿，遥听凯歌催春雷。

1966 年

麻栗坡陵园

岭翠山彤墓草青，男儿勇作报国行。
留得热血千秋碧，忍负春闺梦里情。

登大观楼

秋高春草白，水碧夕阳红。
千古兴亡事，尽在一楼中。

闻中央领导慰问疫区有感

人间万事民为重，常把揪心注满怀。
真话实说情意切，新风从此豁然开。

马　凯

（1946 年生）上海市人。中国人民大学政治经济学系政治经济学专业毕业，研究生学历，经济学硕士学位。原任国家发展和改革委员会主任，现任国务院副总理。著有《行中吟》《马凯诗词存稿》《心声集》等。

［山坡羊］日月人（三首录二）

红　日

拔白破夜，吐红化雪，云开雾散春晖泻。煦相接，绿相偕，东来紫气盈川岳。最是光明洒无界，升，也烨烨；落，也烨烨。

2003 年

自在人

胸中有海，眼底无碍，呼吸宇宙通天脉。伴春来，润花开，只为山河添新彩。试问安能常自在？名，也身外；利，也身外。

相见欢·贺我国首次载人飞船发射成功

云腾龙载神舟，太空游。翘首举国同仰，喜眉头。世代愿，十年剑，一朝酬。待到红旗插月，更风流。

2003 年

清平乐·壶口观瀑

黄龙天泻，猛虎翻腾跃。贯耳霹雷峡欲裂，万马千军奔切。　　卷沙裹浪挟风，喷烟吐雾飞虹。壶口一收直落，排山夺路向东。

岳麓山爱晚亭

潇湘灵气此云山，古木清雄香草妍。
我与樊川共车马，何须霜叶盛时看？

康 奉

（1946年生）福建长汀人。燕京大学毕业。曾任国家科委中国科技交流中心副理事长。长期从事科研管理工作和中国古籍的整理编订工作。参与整理并编订刊行之出版物主要有增广新版《纳兰成德集》等。

《纳兰集》编成漫感

殚诚思报国，夙志岂樵苏。

风雨重阳近，荣枯万象殊。

生涯添暝色，世味品秋荼。

清漏丹铅业，芸编慰腐儒。

1995年

蓟门秋思

早岁襟期轶塞鸿，欲倾热血荐尧封。

阳春白雪湘迁客，亮节清风蜀卧龙。

跌宕半生存本色，扶摇千尺盼新松。

时艰民瘼萦心曲，忍恋西窗伴晚蛩。

1995年

再访成容若故居（录二）

（一）

曾是簪缨棨戟门，倚声血泪有遗痕。
铅华不御犹钟隐，何物雕虫莫并论。

（二）

啸傲长安白发新，神州薪胆酿芳春。
遥怜归鹤乡邦恋，看我征骖驶绝尘。

1996 年

晚秋寄远

蓬舍高歌梁父吟，忍教尘网挽兰襟。
游仙难驻娜嬛梦，采艾常怀屈杜心。
每饭不忘忧社稷，伤时深耻恋山林。
未因利钝丹忱改，哪管无情白发侵。

1996 年

于海洲

（1946 年生）辽宁昌图人。定居北京顺义，原中学语文教师、校长。曾任诗词曲赋联书刊编辑、编审、执行主编、主编等职。《中华诗词》特聘终校。

杜甫吟

壮别长安入蜀游，飘飘天地一沙鸥。

身轻战乱伤民瘼，志在朝堂解国忧。

律稳诗工尊圣手，风饕屋漏老孤舟。

文光射斗谁能敌？李杜齐名万古流。

水调歌头·读苏轼中秋词感赋

谪守密州夜，对酒月明时。千里婵娟与共，忆弟慰相思。欢饮通宵达旦，忽欲乘风碧汉，天阙惹神驰。转慕人间好，自在弄吟姿。　　君臣义，兄弟谊，咏于兹。词中寓言，惟有深掘始能知。一曲中秋绝唱，千古文章雄放，健笔递相师。别是一家论，无损子瞻词。

念奴娇·读苏东坡《赤壁怀古》词

　　人生百岁，问谁是、不朽千秋英物。才子东坡，掣鲸手、无愧芸窗面壁。谪使黄州，修名未立，肝胆凝冰雪。羽声慷慨，咏坛谁比雄杰。　　有道宦海沉浮，归来作赋，似涌泉喷发。吊古伤怀，一阕词、苍莽云生烟灭。滚滚红尘，悠悠万事，染尽青丝发。乐天知命，抱琴犹弄明月。

刘扬忠

（1946 年生）贵州大方人。家居北京，中国社会科学院学者。

登山西应县木塔

孤标突兀耸雁门，塞上风烟荡晓昏。
远古鏖兵窗映火，近今攻垒弹留痕。
千年人事千番改，百丈浮图百劫存。
登览适逢秋雨霁，恒山遥对漫销魂。

谒合肥包公祠

香花墩上一祠崇，坐像如生肃且雍。
正史曾书端士节，稗官更颂法家风。
终生事业循公道，环宇英名灭蠹虫。
我拜先贤同众意，古今无有几包公。

白　纲

（1946 年生）北京市人。北京诗词学会会员，著有《北京世象竹枝词》等。

赠玄一法师

相逢萍絮结因缘，点化三生见性天。
窗外玉轮明似镜，法师屈指夜谈禅。

偶　成

安贫知命不奢求，往事回思未可羞。
费尽心机成效少，纵然富贵也白头。

路边海棠

冬尽春来雪意消，风梳雨洗显娇娆。
开花结果因条件，本自无心赶浪潮。

严智泽

（1946年生）湖北麻城人。1968年入伍，曾任总政治部干部部第一任免局局长、空军后勤部政治部主任、空军后勤学院及雷达学院政委、中国民航总局纪委书记。少将军衔，著有《踏歌行》。

急行军

深山春雨漫荒溪，紧急行军路欲迷。
涧草岩花争导引，左攀枪带右牵衣。

雪　冬

一冬云暗雪来频，山敛威容水噤声。
独有军营浑不眠，依然旗舞战歌腾。

刘公岛吊甲午海战诸将士

战败国之耻，捐躯将士荣。
百年沧海泪，潮汐奠英雄。

朱怀信

（1946 年 9 月生）河南孟州人。毕业于北京国际关系学院、美国乔治华盛顿大学政府及工商管理研究生院。退休前为中国船舶工业集团（美国）公司总裁。中华诗词学会会员。出版有诗集《寸草春晖》。

辞旧迎新思友人三首

（一）

旧岁行将尽，新年意若何。
且抛无益事，来咏有情歌。
过膝流光短，盈巅白发多。
但求明日里，休再说蹉跎。

（二）

挚友今何在，晨昏总系情。
久无茶酒会，时有梦魂萦。
旧谊随年厚，新诗逐日精。
老来知所乐，不必累浮名。

（三）

逝去光阴远，赢来思绪长。

一生天下事，万感鬓边霜。

心历悲和喜，身经炎复凉。

眼前樽酒满，滴滴化文章。

王兆峰

（1947 年生）山东惠民人。北京某商业部门助理经济师。中华诗词学会会员，北京青年诗社社员。

弹琴峡

清溪流石似弹琴，小曲悠扬韵自深。
纵使伯牙今尚在，人间不复有知音。

高脚屋

台风席卷浪如山，飒爽英姿碧海间。
监视海情知任重，丹心一片守边关。

谒杨令公祠

戎马边关老未休，童颜鹤发捍金瓯。
功垂华夏三千世，志在燕云十六州。
衣上征尘凝碧血，军中号角振吴钩。
天波府里皆名将，笑慰杨公虎北头。

抗战胜利 50 周年游卢沟桥有感

缚龙谁欲请长缨，自有神州一柱撑。
社稷千秋存浩气，河山万里奋群英。
横刀立马诛凶寇，济世安民举义兵。
青史留芳风范在，论功更待后人评。

徐　红

（1947年生）江苏张家港人。少将军衔。曾任军事科学院杂志出版社社长，南京军区装备部副部长，中国军事科学会理事等职。著有《诗旅》诗集。

朝中措·圆明园

火烧皇苑杀声凶，珍宝抢而空。昔日绮春美景，只馀断壁秋风。　　百年如昨，残垣怵目，怒气填胸。后世国殇未忘，神州常响洪钟。

1978年秋

行香子·玉泉山

尖塔双丘，长壁环周。帝王苑，独此清幽。垂虹胜景，一览无忧。赏香山峰，寿山阁，本山湫。　　昔日谁游，出入龙舟。旧碑额，御笔题留。天高云淡，正好吟秋。盼迎新客，添新景，导新流。

1995年

小重山·颐和园

御苑青漪映夕阳。寿山飞紫阁，画廊长。虹桥曾禁玉澜堂。停石舫，百载未开航。　　迷雁莫悲凉。戏楼天地阁，演兴亡。春风浩荡入宫墙。人络绎，新岸柳成行。

1998 年

邯郸回车巷

相如不畏强，五步逼秦王。
完璧仍归赵，豪言久绕梁。
回车非惧友，辅主共安邦。
古巷遗风在，负荆当有光。

1998 年

念奴娇

烟波十里，有辕门傍海，水师曾泊。小岛常年多远客，甲午风云重说。铁舰翻沉，金瓯破碎，蘸血签和约。兴衰前史，后人应识清浊。　　无忘千古贤良，舍身明志，怒驶惊魂魄。慈禧挥金忙庆寿，媚敌永成奇辱。穷易遭欺，弱难御侮，须建富强国。百年梦醒，东方时世非昨。

刘公岛 1994 年

赵京战

（1947 年生）笔名苇可，河北安平人。原空军某师副参谋长，功勋飞行员。曾任《中华诗词》杂志常务副主编。现任中华诗词学会副会长，著有《苇航集》《苇可诗选》等。

南溪温泉宾馆

温汤清俗垢，神韵净凡心。
世上多寒者，居山莫太深。

2010 年

谒成吉思汗陵

七百年间阅废兴，香烟犹绕帐前灯。
塞风呜咽吹边草，云路迢茫困大鹏。
马上弓刀凭铁铸，壁间画卷共霜凝。
回眸不见射雕处，数尽陵阶六六层。

2006 年

鸭绿江

江头江尾几千年，绿水白山襟带连。
隔岸同听鸡晓唱，比肩共庆月秋圆。
粼光犹带硝烟色，玉镜可窥尧舜天。
手掬清波重寄语，浣衣照影付婵娟。

2008 年

故宫赏月

桂叶婆娑桂荫浓，遥闻御苑响秋蛩。
寒光漫洒琉璃瓦，雅韵长昭华夏龙。
十二栏杆凭玉琢，三千岁月续尧封。
借得凤池开夜宴，倩谁丹陛撞天钟。

2010 年

扬州慢·过垂虹桥

佳话传神，松陵入梦，吴江先驻游程。叹虹桥敛影，剩岸柳摇青。问游客因缘兴废，不关风雨，不是刀兵。更潇潇、雨洒姑苏，花落江城。　　闷怀难释，算前贤、到此心惊。待谱就新词，翻成雅韵，谁唱真情？纵使小红犹在。知音渺、谁继箫声？看天边明月，寒光只为愁生。

2000 年

郑欣淼

（1947 年生）陕西澄城人。文化部原副部长、故宫博物院院长。政协第十一届全国委员会文史和学习委员会副主任，现任中华诗词学会会长。著有《陟高集》《郑欣淼诗词百首》等。

杂感（十首之八）

中年不意寓京华，原本人生到处家。
拂面春风太液柳，侵阶秋雨玉泉蛙。
推敲兴会茶当酒，披览味回莺弄花。
总是劳劳尘世事，须弥入目任楼斜。

1996 年

陈烈先生赠《田家英与小莽苍苍斋》读后感赋

心志但期千仞岗，昊天正色莽苍苍。
庙堂难耐书生气，草野长怀节士伤。
一种根基当马列，三分风骨自浏阳。
不因祸福己身许，青史犹昭日月光。

2011 年

纪念辛亥革命百年（四首之三）

匝地干戈较短长，当时国事总蜩螗。
疮痍河岳龙蛇走，憔悴人寰草木伤。
天下纷争真主义，神州苦觅好单方。
从来向背唯民命，红遍遐荒一帜扬。

2011 年

登武当山

玄岳慕名久，开怀已在巅。
真人金殿顶，帝室紫霄坛。
山峻汉江邈，云横楚地宽。
长风荡胸次，闲看武当拳。

臧振彪

（1947 年生）河北省人。中国核工业系统干部。中华诗词学会会员，北京诗词学会理事、监事，朝阳诗词研究会副会长，《雅风》诗刊副主编，霞光诗社社长。

江城子·山行

夕阳一片望群山，似波澜，作云翻。飞瀑悬流，谁与舞翩跹。我欲腾身携玉手，千丈壁，起岚烟。　　人生何处不雄关，跨征鞍，啸长天。雨送风吹，慷慨忆华年。万里情怀今在否，销易尽，志犹轩。

百字令·致友人

相逢一笑，问樽前故友，别来安好。记否当年红袖舞，梦里青春谁晓。北国冰封，南疆雨骤，大漠翔云鸟。峥嵘岁月，惊心犹自如捣。　　可惜聚散匆匆，沧桑过眼，尘鬓星星老。休念平生成底事，喜见长天辉耀。浪拍征篷，潮掀过客，豪气留多少。知足常乐，无缘何必烦恼。

水调歌头·遣怀

一别飘零久，音讯渺如烟。孤怀常自空叹，昂首望苍天。无奈沉云万里，但剩斜阳飞絮，魂梦几萦牵。蓦地知栖止，辗转不成眠。心常系，时荏苒，卅馀年。凯歌高唱犹记，弹指已华颠。漫说迷离雾雨，愧我蹉跎岁月，眼底尽波澜。把酒今宵醉，来日莫凭栏。

水调歌头·新西兰岛观潮

万里异乡客，来看海潮生。水天辽阔无际，吞吐若雷鸣。欲唤蛟龙喷雪，又恐惊涛拍岸，咆哮与云平。且伴鸥欢唱，愿以浪奔腾。　朦胧雾，淅沥雨，往来风。流年如是应问，衰鬓几尘星。极目茫茫一线，笑我堂堂七尺，空剩此身轻。梦断无寻处，长啸两三声。

赵永生

（1947 年生）北京市人。中华诗词学会理事、北京诗词学会副会长、北京楹联学会副会长、朝阳区诗词研究会常务副会长，《雅风》《朝阳诗刊》主编。

一枝春·游奥林匹克森林公园感赋

龙脉伸延，北中轴，雅苑俊颜初露。吉祥雨润，绿遍仰山深处。登高远望，鸟巢际，凤飞鸢鸷。东岳石，镌字彰名，尽展五环风度。　　天然氧吧良圃，漫清馨，苇荡栖鸣鸥鹭。高泉叠瀑，奥海灵舟竞渡。朝花夕拾，看天境、二台成趣。生态廊，引领潮流，万方瞩目。

千秋岁·有感于环境保护

篱亭绽秀，流影阴东牖。风乍起，沙尘骤。晴阳云翳隐，闹市浑霾囿。惊未已，挟泥裹雨天筛漏。　　垦草狐羊走，伐木莺鹏咒。原野秃，江河臭。自然遭厄运，人类尝酸酒。应自省，战天斗地功何有。

东风第一枝·报春雪

　　六瓣晶莹，一身柔润，纷飞万鹤残羽。连接广阔乾坤，化作无垠情愫。厅台楼榭，装点成、玉池银墅。看落鸿、乍掠梅梢，抖落一层烟絮。　　河漫漫、冰堤卧虎；野茫茫、冻阡舞鹭。竹肩淡乳方凝，梅蕊寒魂欲露。前村径隐，谁知晓、胜途何处？酒一盏、遥祭东君，早把泊舟催渡。

李丙中

（1947 年生）北京市人。北京诗词学会、中华诗词学会、中国毛泽东诗词研究会会员。诗词作品多在《中华诗词》《北京诗苑》等刊物上发表。

丁亥重阳登元大都遗址城垛用杜牧韵

寥落霜林任鹊飞，时临佳节雨霏微。
寻幽且访黄花去，得韵再携红叶归。
晓月河中浮碎影，夕阳垣上弄清晖。
登台倚堞忽长啸，天外来风展素衣。

冬至蓟门

大寒已近仍无雪，远望楼西景却佳。
慷慨几人吟妙句，悠扬一曲弄梅花。
迎春每遇风云会，执手同嗟岁月遐。
莫瞩青觞分露酒，又闻黄海聚鳌鲨。

壬辰夏至赴陶然端午诗会

蒲黄苇叶青，鼓瑟使湘灵。
辞赋怀骚客，秧歌秀白丁。
又临英烈冢，独去醉翁亭。
逐浪龙舟楫，湖边荡紫萍。

临江仙·《毛泽东谈诗论词》编后

志在凌云当击水，鲲鹏展翅腾空。啸吟万里御东风。沉思戎马上，流韵大江中。　喜奏铜琶执铁板，晓风残月兼容。精雕细镂见奇雄。登高歌一曲，浩气贯长虹。

水调歌头·依龙榆生律

夜览出师表，辄几梦梁州。秦川汉水依旧，循迹自神游。三线军工备战，十载山沟砺剑，铁血铸春秋。莫抱放翁恨，堪赏卧龙筹。　粮草足，兵戈锐，固金瓯。相才将略谁比？千古武乡侯。滚滚褒河涌雪，瑟瑟寒溪映月，并入大江流。晓觉半窗雨，卷掩一灯幽。

陈永康

（1947年生）祖籍广东东莞。1968年入伍。解放军总后政治部创作室创作员，国家一级作家。中华诗词学会理事。著有《两代人诗选》。

第一次值勤

北风卷地雪纷纷，地冻天寒觅线痕。
起伏群山披素甲，连绵翠柏布浓荫。
手攀巨石千寻险，足涉冰河二尺深。
为使电波传不断，苍山踏遍为人民。

硬骨头六连颂

人道世间钢铁硬，六连铁骨更峥嵘。
枪林练就英雄胆，糖弹磨成利剑锋。
胸有朝阳明事理，身无杂垢抗妖风。
全军皆学标兵样，柱石弥坚矗碧空。

陈春生

（1948 年生）河北交河人。北京退休干部。中华诗词学会会员。

燕子矶登眺

目送江流阔，襟开眼界宽。
青山双鬓绿，红日寸心丹。

一编诗在手

目尽红尘事，身牵利与名。
一编诗在手，万念不关情。

登古北口长城

一关秋色画如诗，百转云程路似之。
当解夕阳能劝客，登峰自有下山时。

宿灵岩寺方丈院

叩问灵岩谷亦应，松针织梦月为灯。
六根清静凡心减，一卧禅房半个僧。

田力耕

（1948 年生）山西运城人。家居北京，现供职于中华诗词学会。

过湖北麻城杏花村

竹篱茅屋鹤，流水酒家旗。
芳草斜阳外，云霞小杜诗。

运城农村印象二首

（一）

壮男靓女尽离屯，空院黄莺独唱春。
莫道蜗居都市苦，家家春节小车频。

（二）

莺歌燕舞自然村，玉树芝兰齐放春。
留守椿萱心不苦，夜夜视频话生津。

李书贵

（1948 年生）河北徐水人。现居北京，中华诗词学会工作人员。

念奴娇·嘉兴南湖烟雨楼寄怀

登楼远眺，见春光荡漾，水长波阔。但听红船经过处，掠地惊雷乍裂。电掣风驰，云飞雨骤，浪起如潮泻。摧枯拉朽，九州天地澄澈。　　我掬湖水一抔，馨香沁腑，恩重千山叠。数载艰辛风雨路，耿耿忠心如铁。庾信文章，蔡邕焦尾，漫道从头越。东风回首，杜鹃枝上啼血。

贺新郎·送嫦娥二号探月卫星出征

待嫁亭亭立。看新娘、几分尊贵，几分羞涩。养在深闺姣欲语，百媚生情脉脉。有道是、丰姿国色。霹雳一声环宇震，剩光焰万丈冲霄射。家国别，向天极。　　繁星万点骄阳白。想征途、山长水阔，雨驰风急。暑往寒来多保重，胜过叮咛千百。怅望久、盼回消息。待得一方新庐宅，拟小住、我作樽前客。家莫忘，泪休滴。

金缕曲·夜读《稼轩词》

字字心头血。想当年、燕山破碎，乱流崩决。
铁马嘶风三万里，旌旆东山南发。空怅望、兵车
北辙。耿耿壮怀何处寄，剩栏杆拍遍徒悲切。谁
可补，苍天裂。　　槽头熟酒楼头月。更难忘、
鸥朋鹤侣，雨岩湖雪。野老临桥归宁女，急雨松
风一霎。无不是、瓢泉风物。千顷稻香留史册，
君王事、功过何须说。剑溪下，为愁绝。

百字令·与星汉、逸明、清斌白洋淀雨中泛舟

飞舟载雨，掠碧芦秋雪，红衣花影。雨打乌
篷敲不住，搅碎荷声千顷。浩浩烟波，渔村隐隐，
逐浪飞凫弄。浮家蓑下，一船鱼跳虾蹦。　　十
载岸柳萦怀，殷勤相问，圆了凌波梦。水上荻洲
风乍定，寻我芦台三径。莲子浸香，青菱带露，
颗颗心相映。瓦桥凭眺，明珠波涌纷竞。

渔家傲·辽东观海

瀚海氤氲斜日淡，滔滔浊浪来天半。无际涟
漪浑不见，惊扑面，挟雷直拍云崖岸。　　胸纳
百川从未满，不辞泥石千千万。污水排空谁遣散，
休忧患，碧波万顷连霄汉。

金 铃

（1948年生）本名吕金铃，江苏如皋人。1966年参加新华通讯社工作。新华社办公厅调研室主任。

看电视连续剧《蒲松龄》有感

治世安民难遂志，谈狐说鬼显奇才。
莫云金榜无名姓，万古流芳一聊斋。

樊 钊

（1948 年生）笔名罗古巷，北京市人。北京市退休干部。

题秋空一碧图

寒暑恒常事，衡阳叹往还。
山川无定色，此际正斑斓。

日落（三首）

（一）

驻脚西山顶，劳身别昊天。
峰峦擎不住，挽首入苍烟。

（二）

既下谁能止，悄然敛淡曛。
不甘由此没，烧透半天云。

（三）

攘攘银河满，群星竞欲飞。
遥声传月姊，待我送清辉。

段占学

（1948 年生）河北安平人。家居北京，在中国航空航天部三
院工作。

七七雨中过卢沟桥二首

（一）

无边碧色草萋萋，隐隐长桥入望迷。
十万健儿征战去，满川烟雨化丹泥。

（二）

铁马金戈涌血波，同仇敌忾抗强倭。
江山绝好谁看取，终古人民奏凯歌。

李文朝

（1948 年生）山东梁山人。1968 年参加工作后入伍。历任济南军区政治部宣传部副部长等职。少将军衔，高级记者。现任中华诗词学会常务副会长。著有《古枝新蕾》《戎雅春秋》等。

沁园春·党旗颂

光耀锤镰，唤起工农，改地换天。望夜空北斗，启明赤县；井冈星火，势在燎原。万险千难，前赴后继，众志推翻三座山。如旭日，引乾坤易主，春满人间。　　迎风一往无前。仗真理，光辉照瀛寰。喜污泥荡涤，奠基伟业；国门开放，又谱新篇。游子归宗，龙珠还主，再补金瓯唱梦圆。先锋队，领中华奋起，直挂云帆。

一剪梅·昭君墓

青冢黄昏暮色新。拜了贤人，散了游人。独留浩气荡乾坤，一缕香魂，千古昭君。　　落雁花容过塞门。胡汉和亲，绥靖边尘。琵琶声里唱德馨。众议弦音，谁解弦音。

玉树抗震

玉树山摇地裂时，连心小指母先知。
中枢号令军民动，四海闻声车马驰。
缺氧唯凭豪气壮，高寒哪惧朔风嘶。
同胞待救急如火，夺秒争分意恐迟。

满江红·长征

盖世传奇，惊天地，雄风浩气。翻战史，古今中外，问谁堪比。九死一生成大义，千山万水留奇迹。挽狂澜，舵手正航船，回天力。堵截猛，围追急。天堑阻，饥寒逼。有红军亮剑，所经披靡。大渡金沙排浪细，乌蒙五岭云峰易。会三军，西北帅旗升，开新纪。

水调歌头·黄鹤楼

寻遍空悠处，追至笛鸣楼。白云黄河传说，几度上心头。仙道乘风永去，我坐飞机往返，两界比风流。神到玄中觅，人在画中游。　　既非塔，还非阁，又非楼。形制匠心独具，工艺领千秋。拔地凌空雄峙，极目楚天锦绣，一望四方收。把酒江涛问，何叹世间愁。

申士海

（1948 年生）北京市人。现任北京诗词学会副会长，北京楹联学会副会长，中国毛泽东诗词研究会诗论学术委员会副主任。

一剪梅·美哉延庆

京北春来诗兴牵。城上旗妍，湖上舟翩。古崖居枕海坨山。草也青鲜，水也清鲜。硅化林镶秀水湾。鸟谷龙飞，仙岭花繁。画廊百里乐天然。不是江南，胜似江南。

平谷轩辕庙清明祭

柳风杏雨谒陵来，渔子山前锦绣堆。
翠柏盈阶闻鸟语，丹崖入画点春台。
钟开万户香烟袅，偈颂三皇紫气回。
忆起中原逐鹿事，神龙破壁彩云开。

初登鹳雀楼

九曲黄河一望收，烟波浩渺涌雄州。
中条逐日龙昂首，五老穿云凤展眸。
坡上繁华妆舜道，渡头销铁证唐牛。
何当跨鹳蓬瀛去，恭请诗灵赋壮游。

打工妹游鲜花港

搭窝燕子唱新歌，泉洒珍珠花满坡。

难得打工闲半日，拍张小照寄阿哥。

鹧鸪天·上元羁旅

爆竹声声隔牖闻，江南游子且销魂。一杯薄酒家千里，五味元宵月一轮。　　芳草渡，翠楼吟，珠玑盈市笑盈门。星辉如雨无心赏，孤馆飞笺梦里人。

李树先

（1948 年生）大专学历，高级政工师。曾任五常市人民政府外事侨务办公室副主任、商业局、贸易局副局长等职。退休后定居北京，现任北京诗词学会常务理事、副秘书长，《北京诗苑》编委、编辑。中华诗词、中国楹联学会会员。著有诗集《龙燕逸韵》《丽冠群芳》等。

重温李瑞环同志"霜艺流芳"题词

展卷常新余墨芳，东风送暖热衷肠。
斫轮心系千山远，引水泽流万世长。
卞璧生辉春绽丽，牡丹映雪玉含香。
连台好戏凭君手，健笔凌云气自昂。

2014 年 1 月

赞白牡丹精神赠戏曲表演艺术家王冠丽老师

根缘沃土蕴情真，绰约仙姿不染尘。
越女溪边娇似玉，梨花雨后妙含春。
几番摇落馀香远，一世炎凉傲骨贞。
婉转惊鸿疑梦境，寄怀冰雪冠群伦。

2012 年 12 月

咏桃花

春光依旧映桃红，雨润灼灼色愈浓。
底事门前挥妙笔，何人源里赋娇容。
嫣然倩影迷情种，莞尔芳魂醉画工。
自是仙株和露植，无须江上怨芙蓉。

2006 年 5 月

咏荆轲

强嬴如虎势吞燕，侠骨香消一剑寒。
万死秦廷凭睥睨，千年易水动乡关。
精魂已化苌弘碧，重诺唯酬太子丹。
感慨英雄轻揾泪，秋风犹叹去无还。

2011 年 8 月

纪念袁崇焕督师诞辰 430 周年

回望江山鬓已秋，男儿感慨誓中流。
圣时勿怪长沙傅，明主专诛良将头。
武穆衔冤魂惨惨，督师断命雨啾啾。
英雄恨不阵前死，荒冢年年祭未休。

2014 年 2 月

朱喜顺

（1949年生）河北枣强人。曾在中国运载火箭技术研究院某厂工作。北京诗词学会会员。著有《浅谈诗词的声和韵》。

望海潮·纪念抗日战争胜利60周年

脊梁直起，胸膛挺起，筑成血肉城墙。东北陷亡，南京屠戮，家园闯进疯狼。晓月映寒霜。有万千赤子，拿起刀枪，不做羔羊，同仇敌忾抗东洋。掀开历史新章。庆人民胜利，日寇投降，寰宇复清，神州昌盛，昆仑无限风光。问谁主炎凉？看千秋风雨，不是天皇。更是钟馗再世，不怕鬼还阳。

西江月·晓月霜天

东亚睡狮惊醒，炎黄抗日八年。芦沟晓月映霜天，凝住硝烟弥漫。　　历史不容涂篡，屠城血证如山。乾坤朗朗照人寰，岂让妖魔翻案。

调笑令·问路

留步，留步，此乃仙乡何处？灯红灯绿车移，人往人来路迷。迷路、迷路，无奈立交无数。

诉衷情·诗梦

儿时有梦作诗篇，喜结一生缘。风风雨雨经过，人将老，笔未闲。忆往事，吐真言，续成篇。杏林诗话，纵使书成，更要心传。

任海泉

（1950 年生）江苏南通人。研究生学历，中将军衔。历任解放军步兵师代理师长、国防大学副校长、军事科学院副院长。政协第十二届全国委员会委员、提案委员会委员，中国法学会副会长。著有诗集《世界五千年》等。

南行讲话

谁偏谁正看实践，姓资姓社依本源。
迷雾消失明眼目，春风拂面暖心田。

大同世界

莽莽千流终入海，林林万法总归宗。
桃花源记非虚幻，理想国中有大同。

高卫中

　　（1950年10月生）北京市人。出租车司机，北京青年诗社社员，北京诗词学会会员。著有《长路吟》等。

元大都踏青

　　桃溪摇曳海棠花，脆笛声声嫩柳斜。
　　舞影婆娑三五处，小丘幽径故人家。

闵航路雅聚致诸兄

　　如雷贯耳释原因，一鹤冲天塞外巡。
　　举箸纵横南北策，旋杯褒贬海天尘。
　　花红十度酬知己，荫绿三时被德邻。
　　惟有乐忧心底阔，嘉园杳杳语谆谆。

张　健

（1950年1月生）北京某航空企业退休职工，北京诗词学会会员。

紫叶李

残株飘雪蕊纤纤，漫采零花晓露沾。
斜倚荆扉生紫韵，春云相伴小芽尖。

白　腊

老干虬枝气韵殊，柔心韧骨两相濡。
山居常伴寒泉卧，自是清清大丈夫。

李洪啸

（1950 年生）北京市人。北京电子管厂职工。北京诗词学会首届理事会理事，北京酒仙桥诗社成员。出版有个人著作《印集》。

绝　句

微命寻常误在书，奔劳升斗本无馀。
晚来能否偷闲醉，一盏清茶半可居。

浣溪沙·听德彪西《月光奏鸣曲》

窥破寒窗觅旧痕，沉情不语扰琴魂。百年皎皎自清纯。若梦千江摇碧水，萦思万树照幽人。舞纱轻掠漫缠身。

张永明

（1950 年生）号牧牛子、又号须弥山人，河南新县人。中国兵器工业神剑学会副秘书长。北京香山诗社社员。

偶　尔

不屑为官不爱权，荣华富贵等云烟。
长毫一管勤挥洒，偶尔涂鸦换酒钱。

学书杂感二首

（一）

笔览宋元追晋唐，周秦汉魏莽苍苍。
邓吴门下徊徘久，披水登山入奥堂。

（二）

跻身翰府步维艰，晋帖秦碑勤往还。
夜火鸡晨钻探苦，危峰绝顶敢登攀。

田凤兰

（1951 年生）女，北京市人，现为中华诗词学会工作人员。

清明雨

又到清明雾雨浓，梨花飞落祭亡灵。
坟茔痛洒怀思泪，一瓣心香到九重。

太公池

一潭清水绿如蓝，倒影屏山云满船。
姜太公来投钓饵，应知鱼乐我悠闲。

遐　想

春风又绿柳梢头，坐尽斜阳送远眸。
雨后花含清泪苦，天边山卧雾云愁。
莺啼桃蕊摇枝软，燕剪霞丝织羽柔。
醉酒朦胧三五后，繁星明月照琼楼。

王改正

（1951 年生）河南郾城人。原解放军总参办公厅保密局副局长、总参办公厅保密档案局副局长，大校军衔。现为中华诗词学会秘书长。著有诗词集《细柳营边草》《岁月歌吟》等。

人　生

鸟兽人虫共一笼，生灵如露太匆匆。
尘风沙染青丝暗，浊水莲开玉蕊明。
新笋才发节骨硬，歪诗写罢酒杯空。
千光慧眼袈裟紫，万缕斜阳鬓雪红。

2013 年 6 月 1 日

贺子曰诗社成立

洋洋诗海起洪波，吟帜高扬震木铎。
社稷年年需雅颂，炎黄代代重谐和。
子曰昔者周公好，我看当今杜甫多。
文藻织成新美梦，随君同唱大风歌。

2013 年 6 月 9 日

端午有怀

端阳总有苦诗行，啸咏离骚欲断肠。
史册空留忠骨恨，仓廪常见鼠牙狂。
雄黄酒是鹅黄酒，艾叶香含韵叶香。
我梦偏随君梦远，求索有路路长长。

2013 年 6 月 12 日

湖　畔

芳草莹香露，娇波溢彩霞。
枝摇惊翠鸟，荷静卧青鸭。
短棹柔鸳侣，纤腰舞扇花。
玉渊潭水碧，憾是少鱼虾。

2013 年 6 月 18 日

辽宁舰赋感

辽宁舰上欲长歌，拍遍栏杆苦泪多。
甲午涛吼悲壮士，江阴浪愕叹沉舶。
华人自古追虞舜，海盗于今笑郑和。
梦里深蓝三万里，千杯美酒酹苍波。

2013 年 6 月 21 日

李葆国

（1951 年生）字塬村，山东武城人。现任中华诗词学会图书编著中心副主任、学术部办公室主任。著有诗集《石桥轩吟稿》。

龙潭湖公园谒袁崇焕祠

更替无须论废兴，荒唐竟自毁长城。
千官孰与托恒固，一柱诚能拯即倾。
莫向将军问生死，当从青史正功名。
邻湖说有先生柳，还与游人细打听。

癸巳清明偕士海魏青正君诸友访
邹子吹律故地黍谷山有感

老峪久荒神未衰，律回故事唤难回。
野云早醒泥中味，宿草犹耽石上苔。
山不能名空入典，谷为自证故邻台。
邹郎若矢当年志，教与山桃随处开。

乌拉草堂

何必思名榭，能吟风自清。
荷从水中秀，蒲在岸边生。
有酒月同赏，无琴蛙共鸣。
草堂堪煮韵，四季好闻莺。

望海潮·海宁抒怀

波凌河汉，星摇吴越，惊涛高枕钱塘。堤挂
叠楼，江吞险渚，苍烟横抹汪洋。剑气耀平冈。
看寒花截碧，浅岸飞霜。楫束云旌，锦罗绮户列
门墙。大潮不待汤汤。恨花期误我，空羡彭郎。
百代脂华，三秋芥蒂，一鞭尽笞精光。远树拥斜
阳。剩几行文字，检点行藏。正听吴娃唤酒，驿
渡待帆扬。

王永川

　　（1951 年生）北京市延庆县人。原北京延庆县文联主席，北京作家协会会员。书法、楹联、诗词皆有建树，积有诗词作品近千首。

咏蜗牛

　　莫笑蜗牛负重行，防风避雨有坚城。
　　低昂二角寻方向，何患人间路不平。

观长江三峡大坝截流

　　大江两岸人潮涌，翘首凝神看合龙。
　　巨浪掀天淹万籁，急流坼地过千峰。
　　襄王好梦徒虚幻，先主连营已灭踪。
　　高峡平湖滋万世，人民使命乐遵从。

咏大科庄白龙潭

幽涧隐龙潭，神奇且壮观。
天工开石臼，峰影入波澜。
常降及时雨，换来丰稔年。
将身临妙境，惊叹复流连。

游沙梁子黑龙潭

龙吟势震天，巨沫化轻烟。
坐爱三潭美，不思列上仙。

许临宁

（1951 年生）女，山东济南人。原海军政治部研究室副主任。

醉翁操·伫望洞庭

连天。无边。超然。渺青烟。飘仙。晴空万里金波澜。阴雨霏霏幽渊。几悲欢。风里不惊弦。看机帆帜扬目眩。远山近影，深望无言。　　顿开眼界，心共波摇浪翻。往事可堪回观。宠辱全都抛捐。豁达舒畅添。人生轻弹间。冲破俗情牵。胸怀明月地天宽。

眼儿媚·燕岭杏花

春风吹醒济时才，清艳带香来。枝头绽放，停云凝雪，擅美灵崖。欣随岭绿仰头笑，飞雁也徘徊。争春无意，偿春有愿，一片情怀。

唐缇毅

（1951年生）女，笔名蜀湘云，四川北川人。曾在北京市公交总公司保修分公司任药剂师。北京诗词学会理事，中华诗词学会会员，红叶诗社会员。

慈母吟

惯持针线手，强学上网游。
旅雁书难寄，飞星位易搜。
喃喃声迅速，脉脉视频稠。
千里儿行远，聊能慰母忧。

庚寅清明敬思东坡先生

眉山赤子锦江魂，造物深心遣此身。
领略山川浩然气，昭彰日月炳灵神。
匡时许国峥嵘笔，济世亲民率性人。
千里婵娟千载共，大江东去大潮新。

醉蓬莱·颐和之春

眺瓮山迤逦，一带晴岚，蔚然嘉气。殿宇轩昂，耀琉璃金碧。翰阁排云，拱桥飞练，夺天工巧技。大块文章，阳和盛景，画中游历。眼底湖山，屡经兵燹，尽洗前尘，畅观新致。遗世名园，阅旧朝兴废。风雨华都，改换天地，正八六零纪。玉宇澄清，和平翔羽，盎然春意。

踏莎行·夏日闻鹃读词有感

榴锦彤彤，蜀葵楚楚。炎炎夏日闻杜宇。忆昔年少未关情，浑然不解鹃啼苦。往日襟怀，新填词赋。心声难共禽声吐。郴江幸自绕郴山，缘何毕竟东流去。

沁园春·北国山花

北国山花，塞外风姿，狂野自怡。正夏初清晓，宽沟草甸；溪泉流淌，虫鸟争啼。珠露光旋，朝阳迷彩，一样春回僻壤迟。流云驻，愕原生花海，竟日徘徊。　　边陲漫野芳菲，引狉狉蜂群蝶阵飞。看忘忧萱草，美人起舞；山丹腾艳，龙胆生辉。耀眼红玫，清新菖蒲，五彩缤纷织锦陂。天公手，远自然造化，示我忘机。

陆世文

（1951 年生）安徽六安人。1969 年入伍，曾任北京卫戍区副政委，少将军衔。著有《太行烽火》《长江吟》《黄河谣》等。

江城子·驻训金银滩

金沙十里海空晴。远天明，近波澄。水里健儿，畅泳似蛟腾。潮卷望楼风浪起，人不怯，棹无惊。　银滩晚照彩云生。沸长汀，乐官兵。球场呐喊，笑脸映苍溟。沙垒平台歌唱罢，犹有兴，捉蜻蜓。

露营滹沱岸

冰封滹水雪封山，钻卧坎沟蒿棘间。
顷刻千军人影逝，一弯清月照边关。

蔡赴朝

（1951年4月生）北京市人。中国人民大学新闻学院新闻学专业博士研究生学历，文学博士，高级记者。2011年2月出任中宣部副部长，广电总局局长、党组书记。2013年3月任国家新闻出版广电总局局长、党组副书记、国家版权局局长。

贺首都京胡艺术研究会成立七绝二首

一 咏胡琴

直节虚心霜竹青，引泉漱月指泠泠。
神州多少风云事，都付摩金戛玉声。

二 贺研究会成立

尧歌舜乐颂南薰，圣手希声兴北群。
一曲和谐旷今古，菊坛高响遏流云。

出席京胡艺术演唱会有感

昆山云起瑞龙吟，流水洋洋诉古今。
老凤清雏鸣象板，京腔国韵拂馨琴。
为酬禹域好风日，共育梨园嘉树林。
喜见珠辉群彦集，和弦心曲胜韶音。

2009年3月

刘亚洲

（1952 年 10 月生）安徽宿县人。现任国防大学政治委员，国防大学中华军旅诗词研究创作院院长，上将军衔。中国作家协会会员。著有《刘亚洲战略文集》。

登秦岭

相顾昆仑小，弹襟太白峰。
苍茫界南北，万古一轮红。

珠穆朗玛峰

青穹赖孤柱，盘古玉刀裁。
心语天风响，短虹缘袖开。

过太行

星沉乱山雪，天挂一刀横。
古隘驱新辇，忽闻征马鸣。

嘉峪关

风撕皮甲裂，旗冻月辉寒。
劫火煮咸海，筛金葱岭南。

珍珠港

无语对苍茫，流云说大荒。
魂沉花旗舞，赚得百年王。

吴震启

（1952 年生）笔名无为、通心堂主人，河北隆化人。中国书协编辑出版部副主任。中华诗词学会会员。

万剑峰

雷电炼其坚，锋寒吐紫烟。
民有不平事，万剑问青天。

童提（录一）

莫怪孩儿不自知，童心堆起漫山诗。
天边明月催林鸟，我恋青山归笛迟。

京都咏雪（录二）

（一）

前世修成无价身，缘何一落下凡尘。
莫非天有扶贫意，洒向人间遍地银。

（二）

碧宇琼花谁尽倾？炎凉起舞共寒生。
高情落地纷纷碎，洁体难填路不平。

许建辉

（1952 年生）女，笔名皇甫云霞，河北饶阳人。现居北京，自由撰稿人。

生日有感二首

（一）

人谓生辰应喜贺，我逢此日觉心寒。
功名未就犹堪惑，不惑年华不忍看。

（二）

逝水如斯空慨叹，莫如奋马自扬鞭。
而今若许从头越，云路犹期达九天。

王 冰

（1952 年生）号幻庐主人，原籍陕西，北京市人。著有《幻庐诗草》。

云居寺

经版詹詹历劫无，重封窈奥已模糊。
千秋妙谛皈三宝，一念精诚抵万夫。
古瓦涵光弥广大，新花觌面亦须臾。
年年浴佛连山湿，点染幽林说法图。

秋日遣兴

布衣行去一轩昂，篱下空传晚菊香。
冷澹生涯非咄咄，光明心地故堂堂。
吟馀鸿鹄归情远，梦断莼鲈历日长。
时趣古欢纷入座，好扶清骨听匡床。

鹧鸪天·周口店北京人遗址

蓦转洪荒认去来，乃从牙骨叩灵胎。弓眉透脱明殊相，确荦依稀数劫灰。惟默祝，复惊猜，凭谁耄耋亦婴孩。只因久黜屠龙术，洞外翻多济世才。

冯建洪

（1952 年生）北京市人。曾在北京市光华木材厂从事家具制图、家具设计及室内设计工作。北京诗词学会理事，北京书法家协会会员。

清明上山祭

山阳早占物华新，纸烬随风寄远人。
到老方知永别味，他年岂信幻情真。
梦中见母呼难应，厕内成诗独怆神。
每在墓前无哭处，茫茫大块亦微尘。

狼牙山五勇士跳崖处

幽燕因尔振威名，雾重仍闻血雨腥。
千古西风激易水，断崖石裂滚雷声。

菩萨蛮·京郊双桥杜仲公园晚步

蛙鸣雨霁云开月，花明河畔犹残雪。萤火每趋身，板桥独步人。　　济生多种树，低碳合天度。延泽计长思，绸缪早预知。

倪化珺

（1952年生）北京大兴人。北京书法家协会会员，中华诗词学会会员，北京诗词学会理事，《北京诗苑》编委，北京楹联学会理事，北京大兴区书法家协会理事。

和诗友

归雁夕阳里，离人在远岑。
花黄诗有信，风落曲无痕。
龙虎将军胆，文章学子魂。
还怜时雨后，春草绕蓬门。

酬段天顺先生寄《中华诗词》杂志及述谊墨妙一篇

芸笺一片劲松裁，为我蓬门意境开。
日课须吟三百首，不教风雅染尘埃。

与胞姐相聚筑城小河

风雨匆匆四十春，桃花灿灿菜花新。
灯前泪眼他乡酒，座上霜丝梦里人。
儿女青春忧喜事，弟兄零落北南身。
相扶犹道勤珍重，岁岁重阳醉一樽。

录书法家协会表有怀

砚海晨昏五十秋，薜笺今日看从头。
青砖扶管禾香细，灰瓦锥痕月色稠。
一片乾坤浮紫气，几家生死耀金瓯。
黄花亦笑书人老，犹有愚痴尚不羞。

浣溪沙·暮春过集贤村

数点飞红柳色新，流云丝雨近黄昏。海棠枝
下是伊人。　　欲问前年逢后事，还羞今日梦时
身。低眉只道醉花茵。

赵清甫

（1952 年生）满族，祖姓爱新觉罗，北京市人。北京楹联学会会员，北京凌云诗社社员，北京诗词学会常务理事，《北京诗苑》编辑部主任。

念奴娇·登镇江北固山怀古

大江吞日，入沧海，中有名山北固。雄镇狂涛千万载，阅尽征帆古渡。三国挥戈，六朝争霸，豪杰应无数。烽烟遍野，一时神鬼惊惧。　　更有历代骚人，登临吟咏，佳句从天注。多景楼中当日事，都做传奇典故。胜迹犹存，俊才已逝，我问魂归处。乾坤不语，半山云漫江雾。

怀柔遇雨

四面烟云锁绿芜，行车窗外雨模糊。
荷锄少女归来巧，恰入青山出浴图。

居家即事之二

坐久生凉意，秋风扫碧芜。
只缘贪上网，至使误当厨。
唤女移餐桌，看孙抱酒壶。
火锅汤已沸，烟外小村孤。

居家即事之四

屋里欲成囚，天天不下楼。
荧屏妻炒股，电话女煲粥。
久坐残书蠹，甘为稚子牛。
隔窗风似歇，雪色上人头。

新居漫咏

家在高楼十四层，健身独爱逐阶登。
芳邻晚唱隔门响，远树晨云对牖蒸。
书卷与人争小塌，案花伴我共寒灯。
未忘五载租房日，喜上阳台看月升。

李自星

（1952 年生）北京市人。北京延庆县文化馆工作。北京诗词学会理事。

观棋有感

汉界楚河龙虎争，冥思苦索运筹中。
怒敲棋子分高下，无论输赢终是空。

观壶口瀑布

一水隔开秦晋地，狂流醉泻势惊天。
沉浮顺逆几旋转，百折不回冲出山。

七夕有感

人间情侣喜今宵，天上双星渡鹊桥。
连理枝开花并蒂，银河难隔爱河潮。

黄果树大瀑布

声如霹雳色如银，大瀑壮观天下闻。
水落千寻仍气派，奔流低谷亦精神。

自　勉

当知名利若云烟，淡泊躬勤心自安。
处世作人应走正，揆情度理勿持偏。
春风雅量胸襟阔，霁月高怀眼界宽。
俭约朴诚冰玉洁，宁轻富贵莫轻贤。

周　迈

（1952 年生）江苏无锡人。1969 年入伍，曾任空军装备部副部长，少将军衔。中华诗词学会会员，《红叶》诗刊执行编委。

登嘉峪关

万里长城何处头？登临嘉峪望神州。
祁连犹有千秋雪，大漠应无万户侯。
袅袅烟随平野尽，涓涓泉入大荒流。
镇关将士今安在，化作长龙付壮酬。

读《不惑年鉴》

回眸军旅写沧桑，感悟人生韵味长。
风雨多经承父志，熔炉百炼筑国防。
栽培桃李诗千首，托起将星雁几行。
掩卷识得高段位，谁言夕照不辉煌。

西北演兵

大漠金秋丽日高，沙场砺剑卷狂潮。
银花点点从天降，飞弹隆隆动地摇。
自古演习多演戏，而今磨志亦磨刀。
硝烟起处欢声起，壮我军威胆气豪。

范诗银

（1953年生）原籍黑龙江。1972年入伍，空军机关工作。现为中华诗词学会宣教部副主任、诗教委副主任，中国人民解放军国防大学中华军旅诗词研究创作院执行副院长、《中华军旅诗词》执行总编。曾出版诗集《天浅梦深》《响石二集》。

水调歌头·中秋

谁唤故乡月，为我挂南天。流华邀得南斗，伴我已经年。尝酿桂花老谱，试剪羽衣长袖，不负九霄寒。复醉更浮白，梦里是人间。　画角灿，腰铁暗，雪雕眠。依风代马，常向霜砮问清圆。撒豆几枰堪用，种树美芹当烩，照影枉求全。堂庙与湖海，今古一婵娟。

玉楼春·重阳

京华折得三秋露，重阳嘱我长短赋。簪魂裁梦句生香，吟向海角迢递路。　千山万水凭谁渡，紫巷绿街斑斓树。依然最爱鬓边枝，霜叶菊花沧海雾。

浪淘沙·漫步悉尼港大桥

云外手轻挥，一袖芳菲。长风知我采莲回。望尽千帆辞碧水，不尽斜晖。　　湾阔酒盈杯，星月同归。参差灯火绣成堆。天上人间留醉梦，有雁南飞。

扬州慢·扬州步姜白石韵咏烟花西湖

柳试鹅黄，琼张朵小，兰桃争报春程。赏红桥嵌绿，过妩屿藏青。度牙板、波分楚带，扇摇吴水，越将淮兵。惜东坡、颔抵平山，茶冷扬城。　　二分明月，照无眠、往事当惊。掬波上流光，轻烟如幻，谁个痴情。梦里湖光诗眼，皆应寄、一桨云声。看天边风起，悠然歌自心生。

鹧鸪天·中秋寄月

落日收尘秋幕新，青穹流碧约金樽。思生万里心分梦，情隔天涯月一轮。　　霜袖泪，桂花魂，清圆莫负念中人。诚知他夜终成缺，最好长遮半片云。

吴世民

（1953 年生）河北涿州人。中共党员，中央民族大学在职研究生、法学博士。曾任北京市丰台区常务副区长，北京市民政局局长，北京诗词学会名誉会长。现为北京市政协委员会文史和学习委员会主任。著有《移海填沙论》等。

浪淘沙·秋日过卢沟

一夜雨初收，凉意悠悠。洗尽铅华满城秋。遥望明天晴万里，风送轻柔。　　依栏漫凝眸，车海如流。逝水岁月不回头。舍得之间催奋进，翠染卢沟。

2011 年 9 月

沁园春·兰亭独步寻书

竹林疏风，蕉雨初晴，墨迹鸿醺。想东晋贤士，狂踪曹步；壮怀磊落，词谱高吟。侍宴沉香，姑言书道，一字千金换鹅群。多豪放，唱交情激烈，清雅绝伦。乾坤万象迎春。序驰笔兰亭势吞云。听流觞曲水，子规声近；箫吹溪畔，气撼星雯。宾客酕醄，主人深醉，俯仰尽涤今古尘。凭远望，纵酒阑人散，青史留存。

2012 年 5 月

王　燕

（1953 年生）字申如，号是务斋主，北京市人。著有《是务斋诗词选》。

后海二首

（一）

安得金风万里遥，此番随分晚潇潇。
迁延世路供迟暮，款玩商容慰寂廖。
酒肆见招红袖好，画船闻起木兰娇。
煌煌灯火凝深处，知是谁家旧绮寮。

（二）

石势隆平水势凹，人声杂与鸟喧呶。
风前秀竹含清籁，渡畔馀身用苦匏。
莲沼已无深坐趣，柳汀唯是老垂髫。
百年心绪流云外，闲就疏钟一两敲。

空 山

空山向晚足烟霞，信宿流云博梦奢。

金粉翅翻人境外，玉衡光动海天涯。

八方光景千般色，一样妖娆万种花。

雨过蓝桥欣赤脚，风回翠管念红牙。

消停故事犹新事，遮莫晨鸦与暮鸦。

但取松肪权入酒，时收竹沥更煎茶。

东南西北随方卧，春夏秋冬即处家。

掬水以邀溪涧月，闲心为有净无华。

王立山

（1953 年生）生于北京。1970 年在黑龙江建设兵团担任拖拉机手；1976 年 4 月，在四五运动中匿名发表悼念周总理的诗歌，遭全国通缉，入山西工作。1978 年四五运动平反，获"新长征突击手"等称号。1985 年回北京工作。

扬眉剑出鞘

欲悲闻鬼叫，我哭豺狼笑。
洒酒祭雄杰，扬眉剑出鞘。
骨沃中原土，魂入九垓舞。
英灵在人间，常擂镇妖鼓。

邵惠兰

（1953 年生）女，北京市人。现任中华诗词学会办公室副主任。

登镇北台

凭高纵目碧云天，胡雁声中忆旧年。
如画高台秋色里，闲拈一角入诗篇。

拜谒问心碑有感

铭文勒石镇千山，自信高情善养廉。
明镜有台勤拂拭，问心何必到碑前。

阳台小景

临窗春意如图画，玉叶琼枝满眼花。
茉莉海棠争艳丽，凤梨芍药竞繁华。
婷婷茱顶含苞放，袅袅金钟带笑夸。
最是牡丹倾国色，浓妆倩影正流霞。

鹊桥仙·赤山寻幽

丹青彩绘，五峰叠翠，看尽名山灵秀。岚烟万壑胜蓬莱，静闻鸟，鱼群戏逗。心潮逐浪，高怀惹醉，涉险登临攀就。烦嚣忘却笑青猿，过崖壁，琴笙共奏。

王 琳

（1953年生）女，北京市人。从军后曾两次荣立三等功。解放军红叶诗社副秘书长。中华诗词学会会员，北京诗词学会会员。

南歌子·访国境线巡江艇哨所

漾日舷风疾，劈波箭雨稠。去来天际意悠悠。恰是一江秋色到心头。　望远云山好，巡边岁月遒。白芦黄日迓归舟。摄个床前明月向家邮。

浣溪沙·春归天鹅落颐和园

又作蓝湖一缕云，芦梢剪雪雾笼身。天教带得几多春。物候已更冷暖变，心源不受阴晴纷。漫啄水影自陶醺。

西江月·春测

襟拂轻云一片，镜窥百里青山。桃红梨白拽标杆。时惹鹧鸪声乱。　远隔人间闹市，悠然图上神仙。休划寸草过边关，借力春风连线。

卜算子·雨中走中俄白棱河边防巡逻路

溪静石苔青，坡瘦单衣冷。夹岸黄花带雨伸，湿动戎装影。　　晨饮露观风，暮踏沙巡岭。隐到云深不见人，但又双眸警。

鹧鸪天·兴凯湖上除夕夜

谁冒冰天万里濛，欲拥双臂隔西东。暗垂珠泪伴眯眼，共叙家常立朔风。七尺绿，一篮红，眉肩堆白塑如峰。戍边报国生之重，轻它雪粒两边疯。

苏力克

（1953 年生）笔名黎可、犁坷，原籍广东。读完初中下乡务农，后回北京做工，考入大学毕业后做电气工程师。北京诗词学会会员。

破阵子·太湖马迹山

昨梦江湖风雨，来时花雨纷纶。又上亭楼投暮里，颐望萍踪若故岑。吴山黛绿痕。今日我行泽畔，他年谁赋招魂。聊草闲词由漫兴，携向乱花深处吟。花飞不待人。

西江月·松花湖

嫽俏青山有意，汇洋碧水无涯。轻飔羽棹向瑶华，把作吟鞭弄马。　　尔自攫金攘玉，我独啜露餐霞。江国何处不灵槎，任是风吹浪打。

念奴娇·登北固山

　　神州胜迹，此登临、一览长江渤荡。百代兴亡谁是主，多少英雄北望。纵马孙刘，狠石犹记，祖逖中流桨。气吞万里，稼轩千古豪放。　　林表澹淡飞霜，芦荻萧索，汀渚寒烟漾。廓落高天只鹤影，云半声声凄悢。拟把金觥，斟酌素抱，也作新词唱。嗒然搔首，始知秋在心上。

巫山一段云·登成山头

　　不怕丢纱帽，敢登天尽头。几人潇爽弄潮流，宦海逆行舟。　　浮世洵无定，去来如鹭鸥。东风吹散许多愁，到处入吟眸。

张奇慧

（1954 年生）女，北京市人。曾在中国社科院文学研究所工作，出版社编辑。著有《对影楼诗词》。

水　仙

亭亭玉立碧池春，一洗漳州万里尘。
殊韵不同凡卉比，冰清玉洁自纯真。

菩萨蛮·记梦

梦中难解悲欢意，两情脉脉不得语。一夜雨声寒，哀筝和泪弹。　　天涯携手处，怅怅失归路。从此莫情愁，身休恨未休。

采桑子·念远

平芜处处伤心树，泪满青山。恨满青山，秋雁声声何日还。　　小楼昨夜凄风雨，一晌无眠。今又难眠，薄酒销魂月影前。

沈华维

（1954年生）宁夏永宁人。1970年入伍，在部队服役30多年。曾任宁夏诗词学会副会长，宁夏毛泽东诗词研究会副会长。现居北京，任中华诗词学会副秘书长兼办公室主任。

重阳节

登楼望断一川烟，雁搏长天急似船。
风雨相依人有几，阴晴自酿梦成千。
身求健要心先静，诗欲精须意更专。
往事已随秋叶落，豪情仍到白云边。

癸巳春游恭王府

海棠花胜去年时，溢翠流丹好雨滋。
林静最宜莺作曲，宫深不碍客吟诗。
重围幽径徘徊燕，环抱明珠潋滟池。
官步阶前整衣镜，威严可否有廉姿。

神农架金猴岭

金丝猴已贵如金，天性机灵倍喜人。
抓把彩云堪润肺，嚼颗野果可提神。
眼中景物浓还淡，架上风烟古与今。
衣角带香犹带露，登高俯瞰莽林深。

望燕山雪

朔风吹岁暮，极目景萧然。
又重柴门雪，还添漠北寒。
无聊徒感慨，有梦独堪怜。
借问飘零者，和衣何处眠。

鹧鸪天·项羽戏马台

壮士功名逝水流，劫灰飞尽剩坟头。中原鹿
走相争逐，满野鸿嗷谁问愁。凭啸傲，任沉浮，
江山多为自家谋。丈夫失意躬耕好，狂简逍遥唱
自由。

陈廷佑

（1954 年生）河北深县人。1972 年入伍。曾在我军某师任连队指导员。转业后任国务院参事室、中央文史研究馆办公室副主任。中华诗词学会常务理事。著有《西抹东涂集》《诗文骈翼》。

过代州古城

危楼高耸烽火灭，犹见伏魔存古榭。
戎马三边靖嚣尘，鲸鲵十万挥黄钺。
乡心逐雁雁从风，短梦偎驼驼拥雪。
今日旌旗又高扬，只缘北线剖未决。

致海军友人

海军爱海素颇知，未料端能爱到痴。
碧浪鸥心常搅梦，蓝疆国脉总雄词。
一礁苍宇盘龙势，万顷波涛奋健儿。
东土从来连岛屿，愿随战舰戍旌旗。

秋　枫

（1954年生）女，本名李书文，辽宁大石桥人。曾任《中华诗词》编辑部副主任，《长白山诗词》常务副主编，现为中华《诗词月刊》主编。著有《秋枫吟草》等。

知命感怀

惯看红尘五十春，荒山悭水种诗魂。
躬耕拼搏由人笑，渭钓殷勤凭自尊。
造极无休寻达路，求真难得立程门。
女儿腔里男儿血，羞教腮前着泪痕。

择筑巢栖大木横，雕龙画虎抵新兵。
才疏偏冶三生笔，身累皆溶一字情。
楫击中流重放胆，蹄辞驿站又登程。
浓霜染尽秋林色，枫幻云霞向晚晴。

2003年

雪　意

殷勤昨夜奏风笳，疑似纤纤漫舞纱。
雀跃稚童堆有韵，锨挥翁老铲无瑕。
灵鸡报与竹前叶，玉犬捎来梅上花。
安得铺天皆是币，小康分送庶民家。

2006 年

梦庐山

几回梦里到庐山，竹影松风幻紫岚。
日落日升关冷暖，风来风去识危安。
仙人洞外峰无险，宗祖崖前道有缘。
袅袅梵音争入耳，凡心得似白云闲。

2007 年

礼庐山途中作

飘飞玉带裹苍岩，领略佳篇四百旋。
灵雾相迎还复送，青峰放出又回拦。
心无旁骛循仙迹，目不暇观朝胜山。
故事几多忧亦喜，悠悠来去付云烟。

2007 年

吕华强

（1955年生）原籍河南，字贵卿。1971年考入北京解放军军乐团，任音乐系军乐专业暨军乐团教学队队长等职。著有《对弈清风》诗集。

书　趣

平素慕兰亭，身闲毫自鸣。
胸中存正气，腕下蕴真情。
洗砚成天趣，临池照古形。
扯来云作纸，泼墨大江行。

秋　心

漫步昆湖畔，心追玉带流。
深芦依两鹤，曲岸泊孤舟。
泼墨琴声远，吟诗剑气收。
霜来风也肃，叶落木知秋。

学　诗

韵未敲成人未眠，披衣伏案漏更残。
宋唐诗赋学粘对，秦汉骈文悟偶联。
明月隔窗吟妙句，清风启幔诵佳篇。
拨开茅塞思如瀑，一任朝霞慰倦颜。

春日寄怀

解甲轻身意气昂，吟诗弄墨自疏狂。
随他梦笔惊天地，我有丹心染大江。

自　题

风云舒卷几春秋，国礼司仪岁月稠。
军乐铿锵扬四海，诗书翰墨著风流。

朱小平

（1955 年生）籍贯山东。中国侨联《海内与海外》杂志社编辑部副主任。北京诗词学会会员。著有《朱小平诗词集》《朱小平韵语》。

沁园春·咏北海蔡公祠

佩剑犹存，穿墙燕子，浅认绿苔。忆悲栖铁戟，槐香欲诉；盖棺玉笔，锦字难裁。太液堤前，五龙亭畔，故物风云入眼来。殊伤甚，洒古今一涕，青史难埋。　　当年挂剑徘徊。忍韬晦掩雷卧榻才。想滇城秋雨，星旗半卷；贼亡公殁，笛管生哀。碧水空流，楼船铁锁，沧海人间几兴衰。公知否，幸炎黄无改，酹酒衔杯。

浣溪沙·昆明过端午

不是朱颜绿鬓时，词人蒲剑付谁知。青山妩媚总堪痴。　　岁岁汨罗东逝水，能怜投水亦怜诗。无双只有絮风辞。

念奴娇·银锭观山

凭栏眺远，忆舳舻曾在，云帆无迹。六海玉泉山下泄，迤逦一桥穿碧。翠柳围堤，荷花映日，雨后更怜惜。暮阳徐下，西山烟树历历。　　更醉夜月阑珊，画船多少，对影吹清笛。恍见霓虹天上落，今夕胜他昨夕。水似晶宫，人如仙客，何用千杯掷。梦里家山，小桥才是魂系。

金缕曲·赠呈宋词先生

驰笔如金缕。读华章、江郎犹在，嘘唏肺腑。莫道秋风吹虬桂，依旧沉香绕树。忍触目、词中如诉。碧水长流江湖老，幸家山代有才人谱。情尽写，歌台赋。京华曾约落花处。未移席、忽接六阕，洛阳醉酾。岂怕飞霜胸襟在，又是月圆来去。唱一曲、莫愁有女。常憾尘生多少事，问浮名到手谁欢沮。醺半后，听秋雨。

蔡世平

（1955 年生）湖南湘阴人。1974 年入伍，1989 年转业。现任中华诗词研究院常务副院长。中华诗词学会理事，《中华诗词》编委，湖南岳阳市文联主席、党组书记。著有《蔡世平词选》。

生查子·月满冰楼

叶落响秋声，行也西风客。才送洞庭星，又赶昆仑月。　　明月满兵楼，兵老乡思切。似见故人来，对看天山雪。

卜算子·静夜思

身盖月光轻，隔镜人初静。寸寸相思涉水来，枕上波澜冷。梦里过湘江，柳下人还问。我到边疆可若何，同个沙场景。

点绛唇·南疆犬吠

铁漠惊魂，天涛卷地游龙舞。苍茫如许，百里铜音铸。古意千年，泪也捂成酒。声声苦。醉肠醉腑。一夜河山瘦。

张伯元

（1956 年生）北京市人。北京市作家协会会员，著有《一夜西风》《五叶楼诗稿》等。

居庸关

长城到此几回环，立马谁曾指顾间。
今我来思风飒飒，昔人往矣鸟关关。
峰高不碍浮云卷，心逸且从流水闲。
对酒当歌千古句，北山羞卧卧东山。

嵩阳书院 4500 岁"将军柏"

早作归田计，闲随无事云。
此君能万岁，原不是将军。

雪中赴约

前路雪纷纷，无由道苦辛。
感君思念久，报以白头人。

刘甲夫

（1956 年生）字峥岑，北京市人。著有诗集《刻舟诗存》。

茉　莉

晓来寒露立，夜静影生凉。
羞向繁花语，心随月魄香。

1995 年

雪　莲

孤标遗世枕流霞，难作人前解语花。
云际芙蓉爱冰雪，春风不必到天涯。

1997 年

刨　子

铁骨铮铮尘暗生，端方岂作等闲鸣。
一朝大匠运双臂，敢向人间抱不平。

人推余今岁天克地冲，自忖不免自挽一律

朝荣夕瘁等彭殇，前定因缘莫较量。

亲老家贫虽有恨，才非命薄合无常。

生年罹乱多般苦，死后乘风万里翔。

携酒纵歌含笑去，管他地狱与天堂。

1999 年

魏　节

（1956 年生）女，北京市人。1970 年入伍。曾任海军总医院医务部助理、主管技师。中华诗词学会会员，《红叶》诗刊执行编委。

一剪梅·戎装红妆

豆蔻从容笔换枪。脱下红装，着上军装。戎妆胜过女儿妆。苦在边疆，乐在边疆。岁月如梭鬓染霜。脱下军装，换上时装。依然不逊女儿妆。醒也边疆，梦也边疆。

南乡子·老兵

回首正年轻，红色帽徽红色城。临别依依歌似海，登程。铁打营盘流水兵。翘首望军营，喜见戎装制式更。心系国防人不老，聆听。战令一声马上行。

浪淘沙·亚丁湾远征

铁舰首巡航，水碧天长。劈波斩浪战旗扬。公海登场宣正义，海盗心慌。三宝下西洋，丝路帆樯。当时事业正重光。"走向大洋"明远志，固我金汤。

郁钧剑

（1956 年生）广西桂林人。国家一级演员，著名军旅歌手。中国文联演艺中心主任、全国政协委员、全国青联常委、中国音乐家协会理事、中国作家协会会员、中国书法家协会会员。

汉宫春·己丑清明扫墓

儿又归来，往墓碑扑去，如抱双亲。崎岖野道草蓟，泥烂石嶙。凄风苦雨，任春寒、碧血冰心。沉重履、悲思灌满，且行且啸山林。父母坟茔从此，是床前烛火，窗外星云。想时眺天面壁，泪也温馨。今生忠孝，两全难、反省功名。谁让我，重回童幼？年年唯有清明。

2009 年 4 月

汪国真

（1956年生）生于北京，祖籍厦门。中学毕业后到北京第三光学仪器厂工作。1982年毕业于广东暨南大学，著名诗人。著有《年轻的潮》等诗集。

如梦令·祝酒

海角天涯朋侣，四面八方来聚。满座聚英才，松竹梅兰之叙。高举，高举，互道一声心语。

郭星华

（1957 年生）湖南湘潭人。中国人民大学徐悲鸿艺术学院常
务副院长。

游桂林

谁在漓江铺玉带，千张画卷入胸怀。
白云深处奇峰立，绿浪堆中怪洞开。
水底青山含笑去，江心渔父伴歌来。
万千景致推阳朔，盘古当年巧剪裁。

1981 年

宋彩霞

（1957 年生）女，笔名晓雨，山东威海人。中华诗词学会理事。山东省作家协会会员，山东省诗词学会常务理事，现任《中华诗词》杂志编辑部主任。

鹧鸪天·过沙湖

沙烫沙新沙细微，伞娇伞亮伞低垂。悬听碧苇摇千缕，握把金沙美一回。沙特软，眼迷离，天然粉面太新奇。云存朝露留千里，自信清凉可振衣。

渔家傲·癸巳芦山地震

噩耗传来堪错愕，人随报道心揪着。星月滞留山一角。崩地壳，尘烟弥漫东风恶。　　将士临危飞岭壑，鞭雷驭电苍龙捉。不畏灾凶来肆虐。能守诺，人间大爱将天托。

小重山·沙坡头拾韵

我到沙山正夕阳。寸心流水意、寄沧浪。莲娇苇嫩竞疏狂。闲卧处、粉绿巧能妆。　　特地拾温凉。涛声千万丈、鹤高翔。云帆归棹许多长。总梦见、新月露圆光。

朝中措·腾格里放歌

谁将汗水滴金沙，大漠已开花。朝看苇林叠荡，知她韵致多佳。　　驼铃摇脆，轻云点缀，栈道嬉娃。可把一怀幽梦，放飞万里天涯。

金缕曲·次韵敬和叶嘉莹先生西府海棠雅集

故苑泠泠水。漾西园、翠波清丽，红楼曾纪。淡注胭脂仙子态，占尽春光妩媚。有老树、悲欢都记。一曲清词来海外，趁东风光照朱门邸。说世事，赏花美。海棠红透春光里。这园林、楼台七宝，万千情意。无数沧桑随眼过，多少红颜泣泪。都做了、斑斑文字。禹甸春风圆好梦，看神龙今已腾空起。浮大白，向天底。

潘　泓

（1957年生）笔名夫复何言，湖北红安人。现居北京，任《中华诗词》杂志编辑。

蓟县九山顶风景区晨起

雨霁天津北，渔阳列画屏。
峰霞千仞赤，溪杏一枝青。
露滴诗潜润，人行鸟静听。
九山能养梦，大块正安宁。

菖　蒲

管他谁作美人看，晴自欣欣雨自欢。
刃直欲教三界静，溪平不羡五湖宽。
渔樵学了存超逸，鸥鹭飞来忘苦寒。
身后身前花事满，何劳情种说雕栏。

广渠门怀古

瓮城延伫久凝眸，四百年前事事秋。
将士九千称铁骑，人民亿万恸金瓯。
可怜锁钥忠堪守，不抵朝堂斗未休。
此处今能慰襄愍，立交桥畔水悠悠。

满江红·门头沟行记

车毂经行，寻访处，是神州脊。来眼底，翠湖铺镜，黛峰垂璧。能予品题人面貌，不惊风雨花魂魄。有同游、为我指残垣，谈畴昔。　　晨而作，昏而息，安可忍，倭奴逼。念满山故事，到今谁拾。柳塞莫教肥战马，鲸音便可融羌笛。信英灵、仍在地天间，分春色。

金缕曲·妻欧洲行有寄

此去天涯远。只燕郊，疏星淡月，更深曾见。心自波音腾空去，便已高悬天半。叮咛语，当时忘遣。回立轩窗看碧落，祷风云，忽地都消散。鸾与鹤，何堪羡。　　长途话未询寒暖。嘱时将，莱蒙湖水，濯巾濡面。今古人生思量是，儿女黄昏小院。恍惚里，呢喃谁唤。物事人情天晴晦，把那边、种种都看遍。欢与笑，行囊满。

牟汉平

（1957 年生）北京朝阳区人。长期做青少年围棋教练工作。中华诗词学会会员，著有《汉平吟稿》。

和王兄大运河诗

九曲清流入梦壶，衔云野雁几回书。
烂柯不隐人如戏，捉月方知鬼弄符。
畅取三江龙蟹水，来添五尺户间垆。
长风为我吹春到，月下邀花作酒徒。

生日自题

梦里恍然身未老，湖中戏水弄凉珠。
凡生但慕山人骨，醉眼能知坐隐图。
谈笑曾将前日窘，糊涂烹作晚间厨。
一翻一炒真滋味，解道宽心是鄙庐。

杨钢元

（1958 年生）山东莱州人。中国人民大学新闻学院副教授。

登黄鹤楼

凌虚四望楚天低，西蜀东吴浪里迷。
排闼揖天聊待鹤，倚轩玩旭不闻鸡。
白云行与归帆远，鸿赋留将来者欺。
嗟我手中无玉盏，汉阳秋树尚萋萋。

1986 年

雨中过神女峰

瑶姬知我爱烟霞，邀至三峡神女家。
忽乱芳心缘底事，殷勤妆罢又披纱。

1986 年

吕梁松

　　（1958 年生）字一农，号妙珍堂主人，黑龙江省巴彦人。现为中华诗词学会常务理事，中国书法家协会会员，倬艺朗乾（北京）文化传媒有限公司董事长，北京中华典籍图书编著中心总编审，《中国书法大典》（60 卷）主编、《中华诗词文库》（100 卷）执行主编。

庚寅重阳登香山寄成文弟

　　九日步高巅，吾疆不可瞻。
　　岭头枫染色，塞上雁飞还。
　　举酒销佳节，吟怀向旧欢。
　　茱萸如有寄，报我寸心丹。

【注】

　　成文，即于成文，时任中共佳木斯市纪检委常委、秘书长，是作者好友。

2010 年 10 月 16 日

写在《中华诗词集成》组稿前

京中多病每强撑，客路时艰跟跄行。
消尽华年吟白发，熬穷寒夜写青灯。
襟怀敢放千觞饮，肝胆难收一寸倾。
但得集成芳翰苑，定驰捷报告江城。

2010 年 12 月 16 日

冬夜遣怀并寄昌贵兄

百岁光阴已半分，少年豪气迄今存。
弓强尚可矢鹰隼，剑利尤能泣鬼神。
无悔青春酬日月，有情朱墨洒乾坤。
他年我若归乡野，定揽松江放一樽。

【注】

昌贵兄，即何昌贵，既是作者的老师，也是作者的好友，现任中国书法家协会理事，黑龙江省书协副主席，佳木斯市书协主席，《青少年书法报》社社长、主编。

2009 年 11 月 16 日

江城子·毕业三十年二首

(一)

山长水远两茫茫。步难量。忆难忘。今又秋声，寒雨送新凉。日月催人人老矣，玄鬓改，镜添霜。

新装。送爽金风，摇动稻千行。还是当年携手处，高举酒，醉东冈。

(二)

十年弹指又相拥。诉离衷。意无穷。消尽华年，半数已成翁。怎奈星霜欺客发，春去也，竟匆匆。

一从别后似征鸿。各西东。觅无踪。日日思君，云水万千重。历尽人生多少事，回首望，逝波中。

2011 年 9 月 25 日

黄小甜

（1958年生）女，广东新会人。现居北京，任中华诗词学会培训部副主任。广西诗词学会副会长。与家人合著有《兰韵集》。

浣溪沙·咏兰

幽壑悬崖且作家，闲云淡月是窗纱。叮咚泉水若琵琶。岩压根须犹破石，寒侵枝叶更生芽。未因冷热误年华。

踏莎行·咏枫

最喜秋凉，何妨春晓。东风吹绿枫林杪。临流投影入漓江，青天碧水云纤巧。　江面西风，关山月照。胭脂染得山红了。眼前霜叶胜于花，题诗唯恐伤娇小。

蝶恋花·湖楼觞月

欲睡明湖风渐小，月挂中天，闪烁星光皓。莫把诗情都误了，飞觞吟咏争分秒。楼内欢歌飘岭表，谷应山鸣，豪兴惊归鸟。笔扫残云天欲晓，知音却道千杯少。

踏莎行·纪念父亲"文革"遇难三十周年

　　苦辣青春，酸甜情愫，十年泪渍崎岖路。忠贞魂魄系河山，成灰犹是溶疆土。　　颠倒乾坤，朦胧劫数。红莲瓣掩莲心苦，敢将弱质抗罡风，岂期无眼苍天护。

意难忘·雨中泰山行

　　雨片风枪，看山岚狂卷，变幻非常。苍松云里绰，怪石眼前藏。人至此，似翱翔，袖举弄霓裳。蓬莱境、烟波汹涌，百态转迷茫。"五岳独尊"崖旁，正豪情激荡，摄我为王。"拔地通天"路，风采任君量。吸雄奇，化诗肠，索句也铿锵。试丹青，浓浓着笔，挥洒何妨。

张 皎

（1958 年生）北京市人。现在北京崇文区政协工作，嘤鸣诗社社员。

岸边遐想

浮云戏月伴涛声，隐见银花浪里行。
一曲澎湖多少梦，几时相聚诉离情。

己巳年元宵节有感

梦绕神州路，依稀故里招。
江南春水曲，塞北远山辽。
泪雨相思树，情思野渡桥。
归乡已有日，解冻乐逍遥。

唐克强

（1959 年生）号骊斋主人，北京市人。野草诗社社员，著有
《骊斋诗草》。

丽江束河镇古杏树

境僻无人至，春风别院生。
玉琼堆烂漫，苍铁历枯荣。
避地香难囿，离群艳不争。
红尘墙外隔，日日任迁莺。

云居寺雅集

绿氛深欲掩，隐约古云居。
崖洞撑幢柱，砖台镇塔墟。
一函藏佛骨，万石刻经书。
山静红尘远，林花落自如。

抚仙湖枕澜亭

澄空一碧抚澜平，极目湖山爽气生。
万顷琉璃尘不染，静聆天籁入波声。

题《秋空一碧图》

天涯尽染青无际，断续秋声入远鸿。
诗句拈成寒有色，闲来枕石读云中。

刘庆霖

　　（1959年生）别号躲云轩学子，黑龙江密山人。毕业于解放军西安政治学院。中华诗词学会会员，黄龙诗社社长。现居北京，供职于中华诗词学会，为《中华诗词》副主编。主要著作有《刘庆霖诗词》等。

自　嘲

诗坛笑料乱纷纷，不笑他人笑自身。
识浅不知天是路，心高常把月当门。
焚香试笔虔成癖，守梦待诗痴到魂。
唯有一丝尚可取，醒时犹带醉时真。

赏睡莲

坐赏半塘金彩莲，倏忽花睡碧云间。
却怜池里轻舟过，摇醒含苞梦一船。

登山西悬空寺

凭临险地悟危空，此境人间几处同。
佛寺半悬崖壁外，禅声多落鸟巢中。

过卢沟桥

当年烽火痛沉疴，弹洞莫言增几何。
民族睡狮惊醒日，伤痕更比石狮多。

中秋前夜龙潭山赏月

潭边消酒夜微凉，掬罢清辉坐石旁。
着露虫声浮脚面，摇风树影动衣裳。
星河水涨光犹湿，月桂花飘云也香。
正欲起归闻雁过，一怀思绪转苍茫。

高 松

（1960 年生）山东青岛人，长居北京。航空制造业某公司副
总工程师。

居有思用工部每依北斗望京华句

地僻心偏觉梦奢，每依北斗望京华。
涓埃不弃风尘事，颂洞应随日月槎。
杜宇春迟花渐老，武侯时暮雨初斜。
草堂谁与将身处，一卷诗书且共茶。

手机漫游费价格听证会

沉醉何堪作酒徒，漫嗟英气胆边孤。
凭谁骨鲠独家断，敢为斯民拼一呼。

钱志熙

（1960 年生）浙江乐清人。1982 年毕业于杭州大学中文系，1985 年获文学硕士学位。1987 年考入北京大学中文系，于 1990 年获文学博士学位；后留校任教。现为北大中文系教授、博士生导师。著有《魏晋诗歌艺术原论》《活法为诗》等。

秋　思

枫丹露白橘鲜滋，一笑江湖又系思。
秋水清于霜降后，家山远在梦来时。
身如警鹤鸣寒早，诗和吟虫出语迟。
今日同谁说张季，莼鲈从此绝心期。

未名湖边山桃初发

未生绿叶不成妆，浅约轻寒立小塘。
待到浓时更回首，方知消损是春光。

秋　怀

冷淡生涯冷淡诗，倚床吟罢夜深时。
虫声到枕商工拙，月影临窗报速迟。
一部钧天闻广乐，百年缀网吐劳丝。
是儿真欲呕心血，且喜慈亲远不知。

许焕英

（1963 年 9 月生）女，北京市人。研究生学历，北京市西城区文联干部。西城区诗词楹联协会常务副会长兼秘书长，社区国学志愿讲师团团长。出版有《焕英的诗》《襟间云幻彩》等。

陶然亭公园

山水相依伴古亭，风吹杨柳荡青青。

慈悲庵里尘埃洗，静坐陶然赏画屏。

汉宫春·用稼轩秋风亭韵咏白洋淀暮色

菡萏亭亭，借月华弄影，香出红庐。薰风摇荡蒲苇，此境清殊。沙鸥数点，却犹疑、云外星疏。霞一抹、轻帆过后，金波乍涌还无。　　回首当年战火，记强倭践踏，百姓何如。孙犁一编警策，今又醒予。风流未老，举金樽、人念鲜鲈。思更向、沧浪深处，挥毫铺叶成书。

黄 克

（1961年生）北京市人。机械工程师。北京青年诗社常务理事。

听古曲《长门怨》

伤女怨长门，清宫锁自冤。
不知何岁月，得以感皇恩。

浪淘沙·北戴河游感

雪浪鼓青礁，落水奔高。平帆逆驶领风骚。
碧海陈波坚踏浪，长影长消。　　思客倚龙桥，
往事心邀。秦皇岛岸是金巢。似水人情今尚在，
朝落朝潮。

黄　君

（1961 年生）字君平，号鉴斋，原籍江西。现为中国书法家协会学术委员，中华诗词学会理事，江西省黄庭坚书法文化研究会顾问，北京华夏翰林文化艺术研究院院长。

辛卯人日竹枝词选

清光已久照人寰，此际神州带笑观。
虎势龙威惊脱兔，春风一缕到长安。

过隙韶光去不还，行年半百意何般。
漂零已惯离愁绪，漫把闲云幻故山。

本是江南农家子，耕田种地少即娴。
一朝转作非农户，便把诗书种砚田。

混沌早破民多苦，环宇方今道未安。
愿得轮回三万劫，吾人或爱子陵滩。

纷纷物欲江河下，蠢蠢机心斗柄残。
上帝已死佛何在？悠悠天地不知难。

白晓东

　　（1962年生）别署藉舟，北京市人。北京海淀区街道办事处干部。

雨窗闲卧

　　黯黯幽窗雨若丝，拥书闲卧得春宜。
　　翩然一梦无人搅，蝶与庄周两不知。

无　题

　　自恨天生性太顽，忙钱无计转忙闲。
　　春来花发诗多少？付与秋风随意删。

密云杂咏二首

（一）

　　山遥水阔晚鸦栖，风起云开月涨堤。
　　闲步归来何处宿，小楼隐在碧湖西。

（二）

　　漾漾波光耀眼酸，闲来半卧倚湖滩。
　　柳洼深处无风搅，款款蜻蜓落钓竿。

癸酉新春赋案上水仙

小家生碧玉，素雅不施妆。
性洁怜江水，心清喜月凉。
私身定情久，争耐守闺长。
一夜春郎返，扮成新嫁娘。

张晓虹

（1962年生）女，山东滨州人。曾任《中华诗词》杂志社责任编辑，现任解放军国防大学《中华军旅诗词》研究创作院创作部主任、副总编辑。

鹧鸪天·壬辰中秋有作

桂在天心菊在盆，花期一梦了无痕。锦笺渐许楼头月，草稿何删陌上人。　　调旧雨，洗新轮，缘来缘去本无因。南云莫把灵扉闭，有待来鸿半掩门。

法曲献仙音·病枕

片雨侵愁，湿云蒸郁，寝枕潺流无绝。鹤帐灵虚，断虹残腊，隐约龙吟蛇咽。镇昏表，罗浮厣，眉心缀凉玦。懒重说，碎梨花、捧来如雪。擎珂伞、添了九分闲热。扶起鬓边梅，似相识、有梦堪悦。当把流光，付东风、筠管如铁。一痕纤纤月，可问缘为谁缺。

乳燕飞

赋也无从赋。也无堪、人敷粉墨，情生尘土。曾也行舟清波里，袖得馨香些许。那片影、留遗何处。禀性由来方内外，奈几经相遇难相语。煎险韵、调偏谱。惊窗应是风兼雨。这般声、几番删减，几番粘补。心字凋成秋颜色，此意谁评谁注。捻余事、无丝无缕。怅坐空山凝视久，数归鸿、未把孤鸿数。浮梦渺，吟怀苦。

金缕曲·听友人吹葫芦丝

已把心吹痛。忍听他、葫心敛泪，音沉声孔。眉月朦胧盈遐想，隐约梅花三弄。这番意、谁人谁懂。轸念芦边无顾影，记当初、不被风儿宠。风过也，犹余恐。　　箫台抚彻声千种。独剩它、葫芦六调，一帘幽梦。莲子敲心零丁落，粒粒何堪沉重。禁不得、回潮翻涌。拟作双声分苦乐，拟双声，须把双心捧。心与泪，同谁共。

琵琶仙·双叶红

　　嘉木生时，已相许、那片殷殷红叶。心事凋到无痕，空遗一襟雪。鸿不递、无期约信，黯消瘦、半钩帘月。叠字连环，无题底稿，都被攀折。　　似谙得、如此风怀，似懵懂、多情带霜页。量度锦云深浅，试从空山阅。重料理、枝头并影，拾几多、昨日欢悦。怎奈思絮无声，暗飘环玦。

吴金水

（1963 年生）本名吴国水，北京市人。著有《生云阁吟稿》。

雨中过三山岛观海

鸥声吹梦上危颠，眼底茫茫滚白烟。
风雨正酣云似墨，鱼龙欲起浪摇天。
星槎已去三千岁，海市空迷四十年。
半世回眸如一瞬，人生谁及到桑田。

泰山极顶与力夫留连半日有作

奇峰万仞绝红尘，联袂天阶酒半醺。
弃我山巅独枕石，知君梦里亦生云。
参差殿影依岩立，迢递钟声隔涧闻。
莫怪啼鹃催不起，仙都谁不醉氤氲。

有　感

生是幽燕客，能无慷慨心。
风云思际会，世事入沉吟。
大海波澜动，长城岁月侵。
扶桑东望处，冷日正萧森。

当涂太白墓

唐贤多气象，最仰此狂生。
每欲将樽酒，临风为一倾。
遥山青不断，春日白无声。
久立孤坟下，幽思未可名。

李介中

（1963 年生）河北获鹿人。现在门头沟文物管理所工作。

秋登黄安坨望百花山

秀色遍山满目清，无人相伴有幽情。
崖间疏落三秋雨，岭上常闻四季风。
径草有灵枝不北，山河无恙水流东。
悲秋自古寻常事，吟诵斜阳白露中。

郭世泽

（1964年4月生）北京邮电大学教授，博士生导师，中国科技大学、武汉大学、南京信息工程大学兼职教授。北京诗词学会副会长。近年所作诗词，结集《虎牙闲记》。

岐山周公庙

寻迹秦川吊玉衡，卷阿遥望翠山明。

汉槐唐柏清风起，高阁深堂紫气生。

一世权谋无僭意，二南吐哺有贤行。

残碑看罢思周礼，何日西岐凤再鸣。

扬州慢·乾陵吊古

立马长安，梁山北望，乾陵自是风光。看孤峰高耸，冲斗宿天罡。恰分野环回两水，东泔西漠，负抱阴阳。正春风，大地蒸腾，云气茫茫。　象生道上，算追思，武帝周皇。想豆蔻承欢，韵存废立，花甲飞扬。睡寝千年犹在，痴心放，我意彷徨。念圣碑无字，多情知为何伤。

画堂春·开封清明上河图

汴河两岸领风骚，清明图画逍遥。千漕成市酒旗飘，行客如潮。　　眼底繁华似梦，不堪宋室王朝。南山放马挂弓刀，遗恨难消。

隔岸遥望龙门石窟

凭临伊水望龙门，石窟延绵思绪翻。
当世荣华金漆貌，今朝孤寂破残痕。
既伤日月为刀斧，更恨番酋作豕豚。
块垒难消栏拍遍，仰天长啸动乾坤。

卫新华

（1964 年生）中华诗词学会会员、北京诗词学会常务理事，现供职于国务院研究室。

满庭芳·元上都遗址

恍想当年，八方囊括，四海齐颂可汗。上都一隅，帷幄定西藩。碧眼黄肤欧亚，毡篷内、待觐君颜。城郭外、轻衣谈笑，牧马细川前。　何堪，今日里，荒芜满目，难辨残垣。纵胸臆千般，终是无言。独立西风发乱，木然看、默默云山。更兼那、莽原万里，残照漫天边。

2008 年

枫

寥落野山中，平常万树丛。
一朝寒露至，霜叶映霞红。

2008 年

浣溪沙

相忘江湖最是难，无端别梦好同眠。缘来缘去是何缘。　　有意重逢霜鬓后，无言相对瘦菊前。归来总又忆当年。

2012 年

老者吟

茕茕一老者，迎面汗涔涔。肩挎衣包被，腰拴碗撂盆。满头灰发乱，双目血丝侵。黄脸成饥色，黑肤起裂皴。愁容压伛背，衰腿举赢身。询路无京话，开腔有楚音。神情多闪烁，言语亦沉吟。细问家何处，原来上访人。

2001 年

西花厅海棠

淡淡容仪岁岁更，相惜相重恋庭风。
几回邀向天边月，共看一轮旭日升。

2007 年

张力夫

（1964 年生）本名志勇，号畏临轩，北京市人。北京诗词学会理事。著有《畏临轩诗词选稿》。

太行山沁河峡谷

白鹭淳风至，苍岩劲柏悬。
朝看峰峻峭，暮听水潺湲。
顽石磨成卵，飞龙化作烟。
绝怜村酒浊，山月照人眠。

宿中天门

记取红门径，幽峰旧夕阳。
五松烟寂寞，一涧水琳琅。
将相自无种，仙人多姓张。
翛然窗下卧，山雨递清凉。

登玉皇顶

杖引身重至，晨来雨渐晴。
嶙峋白石接，烂熳紫霞迎。
想我年知命，忘他志掣鲸。
凌烟一回首，天下小而轻。

琵琶仙·秋扇兄属题垂虹感旧图

丝柳垂青，眇云水、漫拂眉山层叠。谁记词客行吟，孤舟浪堆雪。箫暗遣、清虚到骨，过烟浦、几声幽咽。逐雨温凉，随形起落，唯梦真切。问何以、能识尧章，便从此、盟鸥赋香屑。空有石桥残卧，守千年风月。微雁影、翩翩素舸，向寂寥、冉冉归灭。远韵留得三分，慰人愁绝。

曾少立

（1964 年生）生于赣南，祖籍湖南，现居北京。中华诗词学会会员，中华吟咏学会理事。

临江仙·赠儿时伙伴

俱是云山斗鹰手，闲吹竹叶相娱。刀衔绳渡石为庐。林花风拍拍，涧草雨酥酥。　　老大江湖南北路，卅年灯火归途。芭蕉树下话当初。繁星天上字，一夜一翻书。

临江仙·今天俺上学了

下地回来爹喝酒，娘亲没再嘟囔。今天俺是读书郎。拨烟柴火灶，写字土灰墙。　　小凳门前端大碗，夕阳红上腮帮。远山更远那南方。俺哥和俺姐，一去一年长。

浣溪沙

一孔方来七窍骄，俺曾包养小平猫。黄粱未熟水泥窑。　　蛋在生前多白扯，肉于死后便红烧。几人世道接云涛。

菩萨蛮

楼梯岭下清溪畔，柔条舞得东风暖。磨罢砍柴刀，出门云在腰。　　山歌歌一路，一路山无数。雨后艳阳天，山山红杜鹃。

江南雨

（1965年生）本名孙书玉，字其如，号绮梦楼，北京市人。著有《绮梦楼吟稿》。

水龙吟·咏松

僻居涧底幽寒，梦魂不到东平路。初成羽翼，龙形便惹，采樵人妒。细剪霜枝，巧移鸳瓦，漫培沙土。叹韶华尽负，梅期竹约，胸中恨，终难诉。　　惟羡岭头高树。鹤盘旋、白云为伍。朱门揖客，俊怀消得，几多凄楚。溪畔围棋，篱边抱瓮，偃湖何处。纵萧然老去，此心犹念，作西风舞。

水龙吟·咏竹

渭滨千亩亭亭，碧烟澹荡青无际。山阳唤酒，晋贤归后，凤凰来未。影上云阶，苔生月地，子猷园里。怅庾郎梦断，薛涛笺冷，倩谁赋、胸中意。　　还忆挂冠人去，小竿横、落霞秋水。朱唇翠管，冰壶凉簟，那时情味。月下湘娥，芳魂何处，漫余清泪。记明珰素袜，天寒日暮，向风前倚。

水龙吟·咏梅

　　记曾客里相逢，隔溪乍识春风面。孤山旧迹，断桥疏影，当时寻遍。别后经年，篱边对酒，佳期空远。甚伊人寄我，一枝清绝，翠帘动、幽香满。　　倦了登高望眼。料侵晨、试妆应懒。无端负却，绮怀芳思，黄昏庭院。凝想荒寒，前村初雪，带愁深浅。愿今宵梦好，扁舟月下，泛烟汀晚。

彭利铭

（1965 年生）湖南涟源人。书画家。现任北京市文联副主席，北京市书法家协会副主席，中国书法家协会理事，中国美术家协会理事。有《彭利铭书法作品集》。

漓江抒怀

满目烟霞山翠幽，竹排引路画中游。
连绵叠嶂波光漾，任我诗歌似水流。

咏兰草

幽幽贞草绿，淡淡露芳淳。
不在花间艳，心同四季春。

武立胜

（1966 年生）安徽淮南人。现居北京，任《中华诗词》杂志责任编辑。

军　嫂

寂寂青灯下，娇儿梦正酣。
一行边塞雁，读到月西边。

夜宿宛平城

瑟瑟西风月欲沉，燕山尚有不眠人。
终宵读罢七七史，怒向桥头数弹痕。

打　工

从来最怕诉离肠，已认他乡作故乡。
儿未成年凭老饲，地因缺水不秋黄。
断云飞去家千里，归雁排开泪一行。
今日心情依旧是，高楼缝里看夕阳。

杜 甫

清贫未必不风流，千古英魂范九州。
半饱半温忧半世，三别三吏恨三秋。
华章尽向苍生赋，劲骨难从楚水休。
广厦而今鳞次起，先生才是最高楼。

董　澍

（1966 年生）生于北京。北京协和医学院副研究员，中国作家协会会员，中华诗词学会常务理事，北京诗词学会副会长，北京青年诗社社长。曾参与策划中央电视台大型系列节目《荧屏诗坛》。

千秋岁·登观象台

大熊①奔突，银汉金车②没。看猎户③，擎干钺。天涯星路远，台上霜风烈。云散处，过来可是秦楼月。往复谁无辙，功过终须结。鸾凤④和，蛟龙⑤越。宝船⑥挥桨进，恶浪迎头灭。新雪后，鬓边未改青青发。

【注】
①大熊，指大熊星座。
②金车，指御夫星座。
③猎户，指猎户星座。
④鸾凤，指凤凰星座。
⑤蛟龙，指天龙星座。
⑥宝船，指南船星座。

冬　至

2006 年 12 月 23 日至 24 日，北京诗词学会召开中青年诗词创作座谈会，余主持会议即席口占。

抖擞长风撼九天，群星洒落照琼筵。
纵横对策和为贵，次第流觞不让贤。
宁遣新词悲寂寞，还邀旧雨共婵娟。
骚魂绝代期来者，国事增华有少年。

归去来歌

南阳西峡恐龙蛋化石

真龙自有种，高卧山之阿。六千五百万，年来几劫波。落日有遗爱，新潮不停梭。龙兴百战地，谈笑游人多。乍起楚天风，接舆歌而过。夫子式而听，临歧竟如何。

望海潮·戊子岁末，天津汉沽，余登航空母舰，欣闻中国水兵护航亚丁湾二首

（一）

威灵冲刺，琼华飞舞，霜驹电掣争先。惊瀑坠云，狂飙振雪，分崩玉垒银山。鼍鼓撼重渊。看鲲尾翻覆，鹏翼回旋。逝者如斯，问谁当此截波还。沧桑历尽平安。算人生自古，好梦难圆。红海路赊，麻林石烂，新村望断楼船。王道幻虚烟。叹广州反锁，丰岛驰援。无奈西来卤气，吹破紫宸关。

（二）

休达城下，加莱滩外，曾经几度征幡。洋上马夫，牢中舰队，空馀贝壳斑斓。昙现一时间。怅神圣之角，斜照阑珊。哈得孙河，莫斯科水变星躔。东风拂面轻寒。正霓旌匝地，号响开天。遥瞩启明，纷披曙色，潜龙欲试翩跹。谈笑扫腥膻。过暗礁稠迭，花彩联绵。晴鹆高吟共我，层浪起和弦。

陈亚明

（1967年生）字出新，笔名严萌，号小技斋主人。北京市人，中华诗词学会、北京诗词学会会员，北京青年诗社秘书长。

怀 远

月满杯空满，春归人未归。
百花窗外好，双蝶梦中飞。

登司马台长城之望京楼

地远天高曙色开，峰头我正踏云来。
山川一望苍茫尽，好共长风去不回。

赞台怀镇

众岭于兹巨掌开，五峰千仞顶如台。
春花秋月空双眼，暮鼓晨钟断续来。

忆西湖

细雨相携过白堤，雪残桥断柳烟迷。
冲天鹤去梅花笑，浪打孤山雾霭低。

感南京大屠杀

铁骑东来腥断壁，民贫国弱怎安生。
莫愁温饱梦尧舜，今日都城是北京。

何 鹤

（1967 年生）吉林农安人。2006 年入北京任《文化月刊·诗词版》责任编辑。先后任《中国诗词年鉴》《当代中国诗词百家》编辑。2008 年起，供职于中华诗词学会。

壶口放歌

青海长云雪纷纷，君从白雪证前身。补天女娲疏一角，珠飞玉落溅红尘。横溢八荒路漫漫，蜿蜒九曲花两岸。牧马人唱凉州词，玉门雄关通秦汉。遥看大漠立孤烟，悠悠羌笛自何年。仙源泊进太白句，滚滚长河落九天。乱石崩云天地惊，泥沙犹带狮吼声。天来之水何浊甚，莫怪人间难得清。任它清浊难回首，横扫千军将进酒。惊涛裂岸长啸行，风云叱咤龙抖擞。苍崖陡峭乱云飞，大禹精神染斜晖。乾坤莫测流九转，倒转烟云能几回。翻腾巨澜何所似，正合摧枯拉朽势。倒海排山雨挟风，不知何物从何至。凉风过处暑气消，接天云雾卧虹桥。我立壶口尘心净，始信江山分外娇。忽复万马卷尘埃，想非鬼使即神差。且看十面埋伏处，三千铁甲扑面来。沙尘搅得白日暮，地暗天昏疑无路。马嘶风吼河咆哮，大刀一曲雷霆怒。狭路相逢争上游，跌向谷底更抬头。一自横空出世后，此水不屑着地流。跃上龙门泻千里，纵泻千里情未已。浩瀚烟波曲向东，海阔天空红日起。

灞桥有怀

缓步长堤觅旧痕，花明浅照灞桥村。柳色催人裁锦句，向谁摇曳不销魂。灞水悠悠千载馀，隋柳犹择桥畔居。画中美景今尚在，丹青妙手叹唏嘘。前朝铅华浮柳浪，柳浪听莺随风漾。旧曲关塞角声中，古诗灞桥驴背上。送君挥手隔篱笆，莫向春风问杨花。扁舟不解离人意，纵然咫尺亦天涯。东风佯作无情已，流风回雪三五里。可怜愁似鸿毛轻，一片春心伤不起。春半残时欲半消，群芳凋敝剩寂寥。独坐桥头听流水，怅望浮云牵柳条。柳条已非昨日身，缘何又发一枝新。忽忆秦娥复秦月，诗心瘦似画中人。别君时候拥桥头，折枝相赠解离愁。离愁仿佛红笺字，一寸相思一寸秋。烟波消涨向谁诉，灞水堤边柳无数。梦里相约更奈何，断肠人恨天涯路。夕阳寂寞柳无言，波光柳影摇长天。诗人浪迹身何处，故乡遥指白云边。柳外白云栖远山，青山白云相与闲。世事漫如桥下水，逝水一去何时还。灞水有情润岸柳，想君归兴浓于酒。不信天负有情人，我为思君一回首。

林 峰

（1967年生）浙江龙游人。大学文化。现为中华诗词学会常务理事，《中华诗词》杂志特邀编审。著有诗集《一三居诗词》《花日松风》等。

西夏王陵

千年不复旧君王，数点残丘冷夕阳。
隐约车前弓抱月，依稀马首剑凝霜。
风回大漠关河古，雁唳空山草木黄。
许是贺兰多感慨，浮云野色两茫茫。

浣溪沙·黄河漂流

东去黄河势未休，长风吹筏向中流。连山翠色满洲头。　　河是沙魂难照月，沙为河骨可听秋。古今人似往来鸥。

菩萨蛮·腾格里沙漠

金波横卷三千里，驼峰遥自天边起。歌啸塞云长，草分斜照黄。　　心头沙似雪，丝路风如铁。瀚海有孤舟，望中无限秋。

鹧鸪天·新政感怀

　　丹顶横空晓气长，海天春暖九衢芳。一川霞映升平日，千树岚凝智慧光。　　逢德泰，庆文昌，清风吹绿小康庄。补天更仗经纶手，快剪红绫入太苍。

水调歌头·张家界

　　极目碧虚外，烟雨两冥濛。乱云飞起，武陵何处觅仙踪。剐为幽崖百丈，刻削层峦千里，疑入九霄东。莫道青莎老，来卧洞庭风。　　天门月，茅岩瀑，玉皇松。只今欲把、等闲心事与春鸿。许是名山有待，怜我诗心依旧，遥赠绿芙蓉。未有惊人句，不肯上巅峰。

高 昌

（1967 年生）河北辛集人。中国作协会员。现任中国文化报理论部副主任，《中华诗词》杂志执行主编，中国作协诗歌委员会委员，中华诗词学会青年部主任，中华诗词学会常务理事。

题建一镇千年松

老碧任寒暑，千年正色呈。
卿云挥绮梦，皓月蹑纯情。
木者由嘉著，公兮自直名。
深根蟠大地，风雨一肩轻。

金牛山古猿人遗址怀古

先民遗迹世间稀，燧火熊熊与梦飞。
邪许声中混沌醒，几行青史悄然归。

清东陵神路见跪象石雕

跪象闻言谐贵相，纷纷合影众人忙。
无言白石愁难解，有梦红尘喜暂狂。
此贵须君由跪取？于斯待我且思量。
生来傲骨撑天地，立世男儿挺脊梁。

胖人心语

腰腿渐粗身渐圆，笑观风雨过门前。
言轻不必标高姓，鼾重浑如做大仙。
乱买闲书微俸够，瞎填险韵素心欢。
逍遥云水随缘分，花谢花开又一天。

醉花阴·偏偏某

记得纤纤温暖手：往事如烟走。绿色那心情，
一路萌芽、缠上青青柳。　　大千世界偏偏某，
种我相思久。越老越芳醇，流在心间、酿作陈年酒。

魏新河

（1967 年生）河北河间人。现居北京。空军特级飞行员。空军飞行学院系副主任。著有《秋扇词》《孤飞云馆诗集》等。

过乐山

凭窗遥望一长洲，二水围城气势遒。
正是晴空三万里，半窗斜日过嘉州。

关中飞行

银槎直放刺云空，眼底群山尽赴东。
一线黄河开禹域，四围白日走天风。
情移十丈红尘外，身在五陵佳气中。
为是三唐形胜地，云端得句自然工。

菩萨蛮·高空漫兴

倚天漫作游仙赋，云端试我游仙步。飘举上天台，碧桃和露开。　太空唯一碧，云过星犹湿。何处是人间，小球瓜样圆。

鹧鸪天·雪后飞行

银界无尘一色同，恍惊身在玉壶中。刺天白燕疑无影，匝地红尘望绝踪。　　澄耳目，净心胸。太虚此际返鸿蒙。孤怀放浪青冥里，遮莫微躯寄九重。

永遇乐·秋兴，次韵稼轩北固亭

把酒临风，咸阳城上，秋草深处。一片斜阳，半篙渭水，欲共浮云去。唏嘘吊古，登临纵目，总被闲愁留住。笑当年，堂堂形胜，曾经盘踞龙虎。西风落叶，西山落日，挥泪西州一顾。纵挽黄河，可能洗却，二十三年路。那堪回首，萧萧独客，听尽人间更鼓。问青山，繁华历历，至今记否。

吴化强

（1968 年 9 月生）安徽合肥人。曾就读北京大学艺术学院。安徽省太白楼诗词学会副会长。中华诗词学会理事、培训中心教师。现居北京，在中华诗词学会学术部工作。

太平拾趣

钟磬黄山岭下苍，春秋怀抱锦云章。
太平出世开天宝，始祖成仙化境祥。
白垩心掏恐龙蛋，青峰谷睡爱河床。
麻衣占卦飞灵鹊，水路听歌捕夕阳。

北纬 30 度

北纬黄山卅度量，高峰珠穆顶穿苍。
云中比萨斜门看，马里深沟古窖藏。
金字塔谜人类兽，海船踪逝水吞航。
大潮奋臂钱塘阔，指向太平圆梦长。

辛亥百年书感

万朝皇帝一鸿毛，民主撕开君主袍。
雷迅自由轰烈烈，风弹博爱驾涛涛。
阅墙块垒三通释，填海园禽两岸号。
美疢多滋链沙屿，吴钩响作遏云刀。

梦辽会

天街雾雨状如麻，滋梦襄平物候佳。
晶露朝凉新贝叶，秋光暮热旧铜琶。
听蝉树色辽东老，浣月河声蓟北遐。
千古淳风扶国运，满城高义绽诗花。

端阳敬贺梁公寿

艾草含香熏日斜，端阳汨水爱无涯。
天生玉佩江淮浪，矿产金铺燕赵霞。
白发三千冠明月，青丝万丈系中华。
壮心何止来相会，说到期颐再上茶。

李杨健

（1968 年生）陕西勉县人。北京诗词学会会员，北京青年诗
社社员。北京某单位宣传干事。

玉门关

金风三万里，吹送玉门关。
白骨醒朝日，孤城冷雪山。

游子吟

细雨花三月，霜风斗九秋。
窗前一轮上，夜夜瘦乡愁。

花月楼

花月楼头暗月光，玉杯难遣雾茫茫。
夜莺不晓愁滋味，两两三三舞过墙。

江 岚

（1968 年生）本名昌军，笔名听雨庐主，河南信阳人。中国人民大学文学硕士学位，2003 年入《诗刊》社工作，负责诗词版的编辑工作，后参与创办子曰诗社。著有《听雨庐诗稿》。

赴长白山途中见酒家外美人松戏咏

大江弯处水连天，孤馆深藏夕照闲。
但得松花能酿酒，不辞长醉美人边。

过吉林于松花江畔夜饮

松花江畔饮松醪，满座诗豪更酒豪。
却笑秋云潜入夜，打窗故作雨潇潇。

过长白山天池

雪从太古尚皑皑，虎踞关东千嶂开。
绝顶霜飙骇神鬼，大池何物吐氛埃。
棉衣愧比苔衣暖，心火休随地火埋。
淬罢群崖坚似铁，好同猛士镇高台。

咏长白山岳桦林

长白山下多嘉木，翠盖峨峨连云雾。窈窕莫过美人松，轩昂谁似白桦树？八月游客络绎来，高馆争傍秀峰开。暑退风清宜漫步，仙鹤驯鹿共徘徊。更向绝顶访天池，山道愈陡车愈迟。忽逢群木何伛偻，皱皮瑟瑟挂满枝。居人唤作叫化树，大名岳桦今始知。绕过此林转空阔，青苔黄花何寥落。地火焚崖尚有痕，罡风凄唳沙石作。急将短袖换棉装，杯水观罢亦寻常。却怜岳桦近高寒，倔强势欲傲风霜。木棉也称英雄树，对此壮气恐难当。苍松宁折不能弯，安知岳桦虽弯不能折？恍若复生与任公，去留肝胆两豪杰。复生视死宛如归，任公留命欲有为。嗟尔散木亦何恃？俯首一任风雪摧。严风昼夜号，冰雪凛如刀。蠖屈纵遣培塿下，立身原在万仞高。截去犹堪作长剑，好为吾侪破寂寥。

张脉峰

（1969 年生）山东梁山人，现居北京。主编有《世纪诗词大典》《中国名胜诗联大观》等。现为中国诗歌学会、中国楹联学会、山东作家协会会员，中华诗词学会理事，《诗词之友》执行主编。

甲午之春

一笺锦绣踏春光，豆蔻花开情意长。
最是中华清韵好，诗心文脉共徜徉。

中秋咏怀

玉露金风花满堂，葡萄美酒正醇香。
多情最是中秋月，慢饮相思诗韵长。

台山玉

待字深闺人未知，万方仪态蕴仙姿。
那琴湾畔秋波转，任你通灵任我痴。

游东坡赤壁二首

（一）

周郎神采忆何年，一缕硝烟烈火燃。
东去大江留赤壁，风流千古仰坡仙。

（二）

壁立江天览万川，清风百载过千帆。
诗心一点湖中月，犹照兰舟山水间。

徐冰川

（1970 年生）女，白族，笔名咏雪，云南大理人，曾在京工作。中国人民大学历史系硕士。

惆怅词·有寄三首

（一）

廿年流恨满江湄，一片愁心欲语谁。
自艾情多翻自误，毕生赢得是相思。

（二）

迢迢人似隔星河，雁杳鱼沉感逝波。
试向天心问消息，广寒今夕月如何。

（三）

文字因缘老更亲，相怜同是苦吟身。
欲凭青鸟传言去，知己天涯有几人。

鹧鸪天·回乡

万里返程到故乡，故园烟雨几沧桑。春随草木年年绿，秋染庭枫叶叶霜。情似昨，意彷徨，为宾为主两茫茫。谁家旧宅新楼起，童梦依依绕断墙。

周家望

（1971 年生）大学学历，北京晚报记者。长期从事一线新闻报道工作，多年从事民间文学创作研究，出版有北京史地民俗研究专著《老北京的吃喝》一书。

步萧军原韵奉和

佩剑从文赤胆过，深情铁笔耀星河。
白山黑水遗民泪，卷地滔天怒海波。
八月乡村曾血染，百年世事未传讹。
至今瘦骨铜声振，慷慨平生正气多。

林幽子

（1971 年生）本名杨甲定，甘肃甘谷人。北京大学生物学硕
士研究生。中华诗词学会会员，甘肃诗词学会理事。著有《幽兰集》。

故　我

故我悠然秋复冬，雪霜风雨总从容。
有诗偏少横戈句，寡欲甘为种薯农。
成败焉能评伯仲，舒心不必费迎逢。
大江东去日千里，闲对猿啼山万重。

无题寄眉月

相别空怀相聚时，巴山蜀水化清辞。
夜吟不胜月华冷，苦寐难堪美梦迟。
蜡炬成灰犹挂泪，春蚕到死尚含丝。
殷勤青鸟去无返，可是蓬山云路歧。

读史有感

百代兴亡前事留，久安长定或能求。
治邦先治害群马，为政宜为孺子牛。
汉祖艰辛平叛逆，武侯尽瘁费筹谋。
怨无大小皆堪畏，莫使载舟成覆舟。

尽 心

（1972年生）女，本名靳欣，北京市人。北京师范大学文学博士，中国作家协会会员。原中华诗词学会常务理事，《中华诗词》杂志编委，第八、九届北京青联委员。著有诗集《二十四番花信》等。

读《三国》怀古赤壁

挥剑定诸侯，风烟几度秋。
紫袍吟旧赋，赤壁觅残舟。
举目峰峦翠，低眉渡水幽。
合分终有数，兴废总东流。

1988 年

自 遣

陋室门虚设，地偏无意开。
闲愁随梦去，妙语入诗来。
露重当怀恨，天高不自哀。
心清如朗月，何必逐尘埃。

1992 年

秋日杂感

我住京华二十秋，不知风雨不知忧。
静观朗月穿云去，笑看黄花付水流。
杯浅却斟难醉酒，更深偏上最高楼。
多情欲伴飞鸿去，了却天涯一段愁。

1996 年

病中和吴瘦松先生《岁暮遣兴》

总有旁人笑我痴，几番冷暖自心知。
已非梦里伤怀处，又是愁中卧病时。
常忆旧情邀旧雨，懒寻新意写新诗。
消磨锐气兼才气，指点花儿共月儿。

2003 年

雪　后

欲学春蚕吐尽丝，几番错误赏花时。
飞扬意绪宜观雪，寂寞心情好作诗。
一夕良辰千古恨，千年宿孽一生痴。
冻云无际天涯远，辗转更深只自知。

2006 年

戴国荣

（1973 年生）斋名善美阁，北京平谷人。教师。中华诗词学会、中国楹联学会、中华词赋家联合会、中国书画家协会、北京市书法家协会会员。著有文集《诗心画语》。

西江月·善美情真

叠嶂青峰绣锦，舒缣碧水盈香。雪松伴我看斜阳，蓦有飞鸿独唱。　　一色水天隐没，三栖翰墨徜徉，一生无悔写华章，善美真情自赏。

西江月·艺苑仙葩自语

寻觅柳烟春色，眺望桃苑飞霞。丝丝细雨润嘉华，鹃海流丹如画。蓦然回眸往昔，轻叹有志生涯。无为艺道有仙葩，善美如诗自雅。

念奴娇·雅赏北京国际雕塑公园之《高山流水》

寻山注目，望巍然耸立，伯牙自若。膝上古筝天籁曲，恍若动人心魄。旁倚子期，斜身抚耳，一睹知音乐。凝神感叹，几多遗憾思索。　　蓦感渺渺余音，如涛悦耳，对影春秋诺。溪水潺潺潇雨落，海啸山洪沟壑。又似莺歌，鹃声涕泣，情至佳名拓。人生何重，骤然凄泪心寞。

高　凉

（1975 年生）本名刘挺，别号拾梦斋主人，广东高州人。长年于北京经商。著有《拾梦斋诗话》。

己丑初雪

天心何所拟，柳絮漫飞扬。
早把伤秋字，堆成映月章。
京华新世界，尘海旧行藏。
呵手迎风立，凭谁说暖凉。

淡黄柳·辛卯上巳清明素涛阁茗坐论词

严城柳色，重约梁园雪。满户柔光香馥郁。更在澄波翠玉，歌尽当年旧风骨。　　正愁绝，清箫向谁咽。待煎茗，许交契。怕南楼笛起何堪说。莫问前尘，嫩寒轻暖，初洗新痕素月。

李映斌

（1975年生）笔名红叶，别号此君轩主，江西都昌人。工程师。大学毕业后定居北京工作。著有《此君轩诗稿》。

元辰山簪菊会分韵得处

高丘迥不群，昔者仙家驻。
乱石险容攀，平畴青可御。
难寻驾鹤人，尚有题襟处。
雪唱发山阴，钟期或能遇。

登鸡公山过武汉会战防空洞

秋旻起天籁，晓雾碧云岑。
八表吟眸豁，千阶覆叶深。
风流此凭据，板荡莫追寻。
偕客登临处，幽怀一例斟。

少林寺

道是禅宗第一庭，绀宫宝树雾岚青。
高台遍立唯崇武，老衲相邀不读经。
纵得清修传梵呗，已然香火杂铜腥。
游人莫问佛前事，坐看菩提入窈冥。

邵 亮

（1976 年生）广西南宁人。1993 年考入中央美术学院，获博士学位，毕业后留校。北京青年诗社社员，中华诗词学会会员。现调入天津美术学院，美术史论教授。著有《艺术概论》等专著十馀种。

成吉思汗

牧尽天涯草，风催紫雾开。
挽弓寻敌手，惟有雁飞来。

云居寺

秋色初凝雨，寻禅路久疏。
闻钟知古寺，临塔望清虚。
永世无非客，长云或可居。
京华冠盖满，孰与论池鱼。

回乡一题

歌罢春风竟绕梁，楼台宴散酒痕香。
万家灯火倾城醉，一脉江声入夜凉。
游子无心成浪子，故乡多变似他乡。
年年短聚为酬应，谁使归来复远航。

浣溪沙·夜归

重瓦底檐雨未晴，花渠深巷陌头星。长阶月影淡相迎。　　三刻钟敲千里梦，满城风送一人行。几家灯火夜窗明。

满庭芳·纸船

叠折云笺，双翻蝉翼，一叶轻付天涯。弱帆惊浪，行色逆寒沙。尝记那时相送，扶纤手、春到兰芽。惟曾愿，无风无雨，和梦早还家。　　嗟呀，今莫问，何时有岸，谁在蒹葭。纵千尺楼高，水隔云遐。心寄长流万里，空自笑、挥霍年华。残阳外，烟波散尽，归处几重花。

高 辛

（1977年生）本名安洪波，河北正定人，现定居北京。就职于中国体育报总社，健与美网站执行主编。北京师范大学文学学士，中华诗词学会会员，北京诗词学会会员，著有《于武陵诗歌注析》。

登黄鹤楼

千年传故事，高阁四天垂。
地势使其峻，胸怀谁与知。
飞檐如有待，展翅竟何时。
一望平江水，孤帆云际迟。

破阵子·天坛古树

侧目多看兴废，长身不肯逢迎。几度荣华都舍弃，半世风霜更老成。岁寒松柏青。玉殿他乡物色，苍山旧日钟声。百尺凌云非地势，孤月当空起客情。人间未有名。

离乡偶感

石门从别后，人老帝京春。
雪漫燕山白，风高弦月新。
星河耀城市，光影走凡尘。
何处乡歌起，依依落袖巾。

吴根旺

（1981年生）福建安溪人。2004年入京经商至今，立志于弘扬汉服文化，北京青年诗社社员。著有《醉月轩诗稿》。

古　风

吾爱韩湘子，逍遥列八仙。清风碧玉笛，明月紫萝衫。龙吟动霄汉，丽词通九天。驾鹤翩翩起，乘虬悠悠然。性洁喜兰芷，玉容临风前。其人不知处，欲觅空林烟。

贺新郎·壬辰送春日与魏河间刘高州同登古幽州台约赋得此

千古恒同慨。叹人间、几多俊杰，止于无奈。际会风云能有几，往往悲歌百代。落照里、昭王何在？难遇贞观飞玉镜，却常常看见长城坏。夷狄入，血成海。　　高台已落荒村外。想当年子昂下马，对云长拜。日月无穷生有限，逢不逢时莫改。因此致、心潮澎湃。功业原应由己立，怅前贤只把东君待。凭大笑，掀天盖。

沁园春·华夏

万古昆仑，雄立银河，俯视众山。自伏羲画卦，文明肇始；轩辕垂拱，华夏归圆。尧舜传仁，周公定礼，玉宇龙腾海月前。麒麟出，赤县成仙府，凤舞人间。琪花飞越千年，后更有秦开新纪元。忆汉皇英略，千邦循化；太宗圣德，万国朝天。礼乐重回，衣冠复起，百代雄风今欲还。雷响处，看汉家威武，再震坤乾。

徐建明

（1981 年生）笔名萧云子，云南姚安人。2010 年获博士学位，现任职于中国兵器工业系统总体部。中华诗词学会会员，清华大学荷塘诗社成员。

京　华

十载客京华，疏窗满落花。
引归山野地，寻迹故人家。
指上清香透，诗中岁月嗟。
小炉围一品，煮罢话禅茶。

龙泉寺

一碧寒天月色清，龙泉庵外雨新晴。
稀疏小径无僧过，寂寞长空有雁行。
岚雾平添春意寂，苍烟恰与远山平。
霜村夜半闲游客，无碍多情是性情。

寒山僧踪

行云深处蓦相逢，淡淡霏烟掩梵容。
百里寒山披翠色，满陇禅唱绕青峰。
朱颜玉笏十年梦，竹杖缁衣一笑从。
野渡携琴归去客，几回别后忆僧踪。

临江仙·印象西湖雨

碧水涵空深邃，云亭雨幕低垂。长桥竹伞画中窥。烟波融一色，广袖夜迷离。愿守三生凤契，来酬此世相随。西湖往事说堪悲。江南萦旧忆，写尽是相思。

郭诺明

（1982 年生）北京诗词学会会员，哲学硕士。现居北京，从事生死哲学、生命教育推广工作。

好事近·饭馀散步，闻蝉鸣蛩响，有感而作

蝉噪引流声，催促无边蛩响。更占园林毓秀，就低吟高唱。　　晚来风细度清凉，有月色如幌。照我从容步履，数人间万象。

秋波媚·荷

菡萏婷婷绿萝裳。恰望见秋光。一蓬凝碧，半航烟水，正浴朝阳。伊人仿佛徜徉久，怅怅水云乡。问君知否，侬心已是，立尽沧浪。

清平乐·雨中谒真如禅寺

入云深处，忘了来时路。手抚碧苔怜古树，野草闲花无数。　　群峰攒簇华台，一泓明月镜开。邈邈梵宫春雨，谁知念佛人来？

饮酒歌

君子忧道不忧贫，我拍行囊无分文。谁知怀庐书生心，飞草龙蛇惊鬼神。都说天地慷慨文，原来诗情来无痕。黔中酒国吾早闻，今朝落魄始为邻。茅台酒香更绝伦，一杯入口势欲奔。顿令平生豪气根，指向山河今古论。何意江湖落纷纷，高咏不见谢将军。今汝远来何为嗔？脸色黑黑多土尘。且来瓮底一杯春，开汝心怀万里云。飘飘直上若鹏鲲，翱翔八极岂无鳞。无我无待何事真，相对只有问酒樽。

夜宿顺义民家

霜重叶难禁，纷纷坠远林。
风驱残碧影，雁负晚秋临。
晓色催农务，星灯滞夜侵。
人间皆父母，使我久沉吟。

韦树定

（1988 年生）壮族，广西河池人。毕业于商丘师范学院，近年在北京某出版社任编辑工作。著有诗文《北牧集》等。

过百子湾赠郭兄二首

（一）

又过城隅索酒杯，何人慷慨说无违。
三年濡沫加青眼，一等风尘俱素衣。
法海护持君不败，江湖牢落我全非。
即今怀抱犹多感，且向尊前醉夕晖。

（二）

斗室温存似玉壶，昆仑肝胆感区区。
运筹逐鹿招应妙，俯首雕虫事岂迂。
天降斯文于我辈，谁遵大道至穷途。
旧邦新命从头阐，起作高歌君子儒。

蝶恋花·重过商丘

灯火前街黄一角，特地回头，巷口愁如昨。纸上流年都落索，如何怨得西风薄。自是车声烦不觉，对此茫茫，梗泛还萍泊。散木先生无事作，夜深容易思量着。

张　桐

（1993 年生）字清越，号识语斋，北京市人。计算机专业在读学生。

沁河峡谷

自在行幽谷，超然向玉峰。
层崖疑鬼斧，野水匿蛟龙。
日暮岚霏淡，蝉清月色浓。
荆门留客宿，将欲问仙踪。

长安戏院京剧《窦娥》观后

幕启人声寂，寒灯映薄纱。
青丝盘凤髻，粉泪滴桃花。
戚戚盈双耳，依依散九霞。
蓦然身在外，今夜梦无家。

《柳河东集》读后

叹仰千金赋，遐思赴永州。
同来寻野趣，相与慰清愁。

听骆玉笙《剑阁闻铃》

独览窗前月，清寒若有思。
更阑浑不觉，曲尽已多时。

后　记

　　本书是继《中华诗词文库·北京诗词卷》（近代卷）之后编成的《北京诗词卷》（现当代卷）。由于这个时代只有短短的三十年，活跃在这三十年中的诗人们，其创作活动不是上连近代，就是下连当代。这就给编者提出了一个难题：如何选择作者和作品？经过思改，最后经学会研究确定，上编所选作者，生年必须在一九一九年（含）之前；其作品创作时间或主要作品的创作时间必须在一九四九年（含）之前。当然作者的籍贯应是北京，或者在京工作，或者久居北京，这个条件是共同的，就不必说了。

　　由于北京是几朝古都，它深厚的文化积淀，昭示着它必然是人文荟萃之地，诗人、文学大师辈出之所。对于编者来说，就有一个每位作者选收多少作品的问题。考虑到本书的篇幅限制和作品的可读性，我们采取了多列入作者而适当压缩每位作者作品数量的原则，共收入四百五十位诗人的一千四百六十八首作品。这里应当说明的是，这个分卷远不是一个完全意义上的现代分卷，因为民国时期北平地区的历史，还没有一个全面而系统的资料，更不要说这个时期的文化史、诗词史了。再加时间短，有些诗人已纳入近代的范畴，有些诗人要纳入当代的范畴。所以我们期待方家的指正和补充。

编　者

二〇一三年冬

附　记

　　中华诗词学会与中国书籍出版社、采薇阁书店联合组织"中华诗词存稿"丛书，将原中华诗词学会所编《中华诗词文库·北京诗词卷（现当代）》纳入丛书予以再版，书名改为《北京诗词选（现当代）》，并对原书中存在差错予以改正，删除个别作品。特此说明。

"中华诗词存稿"编委会

二〇一九年十月

附：参考书目

1.缀英集　　　　　　　　　　　　　启功、袁行霈主编
2.韵藻清华　　　　　　　　　　　　王存诚编
3.北京百家诗词选　　　　　　　　　北京诗词学会编
4.二十世纪名家诗词钞　　　　　　　毛谷风编
5.五四以来诗词选　　　　　　　　　华钟彦主编
6.近百年诗钞　　　　　　　　　　　毛大风、王斯琴编
7.中国当代诗词选　　　　　　　　　叶元章、徐通翰编
8.民国六百家诗钞　　　　　　　　　杨子才编注
9.民国五百家词钞　　　　　　　　　杨子才编
10.中华诗词文库·军旅诗词卷　　　　红叶诗社编
11.兼于阁诗话　　　　　　　　　　　陈声聪著
12.百年心声　　　　　　　　　　　　许涤新著
13.秋韵诗词选　　　　　　　　　　　中国社科院秋韵诗社编
14.秋之韵　　　　　　　　　　　　　中国社科院秋韵诗社编
15.野草遗香　　　　　　　　　　　　野草诗社编
16.近现代诗词鉴赏辞典　　　　　　　贺新辉主编
17.民国诗话　　　　　　　　　　　　陈浩望编
18.北京钓鱼台诗汇　　　　　　　　　赵金敏编
19.锄云诗集　　　　　　　　　　　　岳美中著
20.中华民国诗千首　　　　　　　　　石叟、刘慧勇编